U0032857

一直撒野

你所反抗的，正是你所眷戀的

小野 著

〈推薦序〉

「想改變什麼」的基因從沒變過

吳念眞

野公「又」要出書了。

據說是「深具意義的第一百本」「以及……裡頭提到你很多次」，所以編輯說要寄書稿給我看，然後幫他「寫幾句你想講的話」。

她眞的不知道這兩個老先生之間的恩怨情仇。

多年來兩個人只要提到彼此絕對沒有好話，許多朋友甚至以看到我們相互漏氣、抹黑、嘲諷爲樂。

所以……如果爲了他再度出書而特地講些歌功頌德、吹捧拍馬的話，老實說，我眞做不到，而且也違背「固有傳統」，所以我還是選擇實話實說。

第一百本……對小野來說其實並沒什麼特殊意義，早在二十多年前就已經有人跟我說：「小野實在了不起，勤寫不輟、著作等身！」當時我的回答是：「這倒是實話，因爲他的確不高，而且蓄意把字體放大，讓書長得很厚！」

早年他有新書出版送給我的時候，都會用近似小學四年級水準的字體（而且迄今毫無長進）寫上：請念眞指正。後來大概發現我根本不具任何指正的資格吧，所以通常就直接往我桌上一丟說：「不好意思，又出一本，哈哈哈！」

明眼人應該可以看出、聽出這語意和笑聲所傳達的驕傲和不屑吧？一如多年後的現在，他幾乎每天在臉書上Po四個孫子的照片以及當爺爺的他如何體貼、如何有創意的照顧的細節，然後在眾人面前故意問我：「兒子什麼時候結婚啊？」

記得有一次他又把新書丟在我桌上，剛好一個記者進我們的辦公室，用極誇張的聲音說：「哇！小野又出新書了欸！」然後在我發現她充滿仰慕、讚嘆的視線是從桌上的書直接移轉到小野身上，整個過程根本無視於我的存在的那個當下，我聽到自己的聲音說：「是啊，下筆有如腹瀉啊！這本妳拿走，別浪費錢去買了！」

之後的新書他就再也不曾給我了，而是送給我兒子。

問他爲什麼？他說：「因爲我覺得小孩還有希望，至於他爸爸……根本沒救了！」

所以……這第一百本，大概是多年來我唯一認眞讀完的小野的大作。

爲什麼要認眞讀完？因爲有一個記憶力超強、文章老是寫得落落長、說起我總沒好話的人寫了一本據說「多次提到我」的書……無論如何都有潛在性危機，讀完是必要的防衛性檢閱。

小野大概是我這輩子面對面最久的一個人，九年，比八年抗戰還多一年。有很長的一段時間我和他幾乎每天都在相看兩相厭的臨界點上，所以有一次漢中街一個專門賣黨外雜誌的老闆送了我一張日本AV女優的海報，我就把它貼在小野背後的牆上，沒想到將近三十年後的現在，那個叫「青木琴美」的女優的樣子和名字竟然是我在中央電影公司九年歲月裡少數鮮明的記憶。

不知道是隨著時間流逝記憶淡化，或是自己有意忘記和電影相關的人、事、物，那段和小野在眞善美戲院大樓的同事生涯對我來說，一如現在偶爾走過西門町的感覺：如夢似眞、似曾相識，如此而已。

於是……好吧，此刻好像必須爲小野講句好話了——若非這本書裡某些片段的提醒，我好像早已忘記除了彼此鬥嘴、彼此窩囊彼此之外，在那段人生的黃金歲月裡我們好像還眞的一起遇過某些精采的人、做過某些開心的事、面對過某些挫折，也一起驕傲地笑過、頹喪地哭過。

哦，不對，根據他的記載，我很愛哭，所以哭的應該只有我。

還有，若非這本書的提醒，我都忘了離開中影之後，小野其實還不死心地在形勢更險峻、鬥爭更複雜的幾個領域裡繼續拚鬥過，他那種「想改變什麼」的基因好像一直沒有被環境、挫折、年紀和體力改變過。

以及，若非這本書的提醒，我都不知道他未來竟然還有好多事想嘗試、想做。

有一個意志堅強、凡事打死不退而且還持續創作的朋友是壓力，而這個朋友如果還經常被人拿來跟自己做連結做比較……那根本就是一場悲劇。

四十年前一次小說創作比賽，他拿首獎，我拿第三。

三十年前他出書的數量已經比我這輩子能力所及的還要多。

他有兩個小孩，我只有一個。

此刻，他已經是四個孫子的爺爺，而我卻連兒媳婦都還沒有。

在人生向晚的這個時候，我只想跟他說：朋友，我輸了，不過心服口不服，未來至少還是要繼續贏你以口舌。

還有，這本書……寫得還眞不錯。

〈序曲〉
覺醒之年，行動之日，誕生之時

1 八歲那年，把刀變成了筆

不久之前有個心理醫生兼詩人的朋友在看了我寫的一些文章後，忽然嘆了一口氣：「你的文字很像是匕首，鋒利卻不寒光。」「那你爲什麼要嘆氣？」「因爲我讀到鋒利的匕首在刺出來時，那種極強的力道後面的悲傷和眼淚。」朋友低聲的回答。

朋友的話幾乎使我潰堤，那個烙印在靈魂深處的畫面又浮現。年年無法升遷的爸爸在某個深夜酒醉之後，到廚房拿起菜刀說要去殺人，說要和那個害他不能升遷的人同歸於盡，年幼的我嚇得渾身發抖。爸爸後來喝得爛醉如泥回家，嘔吐了一地後把菜刀用力摔在地上痛哭流涕。我凝視著那把沒有沾到血的刀鬆了一口氣：感謝爸爸並沒有殺人，因爲爸爸還有五個孩子、老母和妻子，他無法拋棄靠他賺錢餵養的家人。爸爸在黑夜中淒厲的呼喊：「這個世界太不公平了，兒子，你一定要替我報仇。」我的視線一直離不開那把菜刀。

許多年以後我才恍然大悟：在那樣悲傷絕望的暗夜，那個才八歲的小孩其實有蹲下去撿起那把刀，他把刀變成了手中的筆，從此不曾停止寫作，因爲他想要改變爸爸口中不公平的世界。長大以後他眞的成爲一個多產的作家，寫作對他而言就像呼吸一樣，如果沒有呼吸他會窒息而死。後來他遇到了一個和他相差不到一歲的作家朋友吳念眞，其實吳念眞也非常多產，只是他把所有精力耗在接近一百部的電影劇本和舞臺劇本上。雖然我們來自完全不同的成長背景和經驗，但是，在命運安排下我們在讀小學時就曾經同臺競技，之後就一直處於似敵似友的狀態，此刻竟然也一起老去。

我們總是計較著最後到底這兩個小孩長大之後誰輸誰贏？因爲我們也曾經計較過到底誰的童年比較「不幸」。因爲不幸，所以無法放下手中的那把匕首。而他們又何其幸運的因爲童年的不幸，成爲了靈感源源不絕的人。

2 老朋友的生日宴

這是我的第一百本書，我也即將跨過法律上可以享受某些優惠的「老人」的界線，不知道應該笑還是應該哭。總之，不管如何心不甘情不願，人生終於來到了這特別的一天。加上宣布要出版第一百本書，心情上喜悅多過尷尬和狼狽。

夏天我的老朋友吳念眞獅子座的生日宴會才剛剛舉行，他自稱已經六十五歲了，我糾正他說應該是六十四歲，他還提醒我說臺灣人是連懷孕十個月都算進去，每當他提到「臺灣人」三個字時都很嚴肅，我只有閉嘴的份。他在生日宴上說了一段很長的話，比較有趣的是說他剛剛才從花蓮看醫生回來，頭部的幾根針還沒有拔掉，在火車上半睡半醒時聽到擠在四周的年輕人認出他來，也發現了他頭部的針，之後議論紛紛，結論是難怪他能源源不絕的創作，原來是靠這幾根針。之後他的話就轉爲嚴肅，希望在場好朋友都能活久一點，好好爲我們的後代子孫多做點事。因爲我們很對不起下一代。

其實吳念眞年輕時是個妙語如珠唱作俱佳的天生演講家，後來說起話來越來越多感觸和情緒，變得非常嚴肅，變得非常愛九十度鞠躬，臺下的群眾往往被他的眞情感動得落淚。爲了化解這樣的凝重氣氛，我就得被迫上臺講吳念眞的糗事，要用力「踐踏」他、「消遣」他，以換取臺下的爆笑。我被迫演小丑角色眞的很變態，對我而言也是非常艱難的任務。畢竟語言是很微妙的東西，直接讚美別人很容易，換個方式用罵人的口吻來表達讚美就高明些，直接糗別人又沒有踩到對方的地雷和痛處，還要讓對方由衷的發笑，更是件不可能的任務。尤其當吳念眞的名聲如日中天時，作爲他在二十多歲就熟識，後來又面對面上班八年的老朋友的任何一句不得體笑話，都可以被心理分析者解讀成酸味破表的嫉妒心作祟。

至今他還沒有因爲我一次又一次的笑話和我翻臉，甚至在臺下笑得比別人更大聲。我深深懷疑他是用這種「毫不在乎」，默默的「懲罰」著我：「看你還有多少笑話？看你到底能講到幾歲？」是的，其實每次上臺時我也是這樣問自己。我甚至已經有了答案：那就是當我上臺再也說不出吳念眞的笑話時，那就是我們彼此眞的都非常非常老了，老到沒有心情和力氣說著往日的笑話了。或許就是因爲聽了吳念眞和我之間太多的笑話和故事，我們共同的朋友簡社長忽然很認眞的向我提出了一本書的構想，他覺得我們在三十歲一起蹲在中央電影公司工作八年的故事非常有趣又很勵志，鐵定可以感動許多讀者：「年長的讀者可以回味那段飛揚的時光，年輕人可以從你們的故事中得到鼓舞。那段精采故事除了你和念眞有臨場的經驗，根本沒有人可以寫。」

簡社長本身就是一個很會說故事的演講家，在這之前他也曾經企圖說服我把所有工作停下來好好寫本有時代背景的小說，他的結語很煽動：「你想想，全臺灣，除了你還有誰可以做這件事？你認眞考慮考慮。這是作爲一個臺灣作家的責任。」我承擔不起他的溢美和勉勵，口裡說好好好，心裡安慰自己說：「別相信他的話。他一定對很多作家這樣說，才逼出許多精采的好書。」也因爲這樣，當他又轉而鼓勵我寫那段故事時不忍心推託，一咬牙，又讓自己回到遙遠遙遠的年代，試著換個角度來說那些老故事。我一邊痛苦的寫，一邊痛苦的想像著吳念眞叼著菸，用嘲諷的口吻說：「天哪，這些故事我早就忘光光了，你怎麼老是忘不掉？你可能眞是乏善可陳、江郎才盡，但是卻仍然下筆如腹瀉。你不要再寫了，你不會是我對手的，寫一百本不如我寫一本。」

所謂的「想像」，都是我從他過去曾經笑過我的話中重新排列組合而成，換言之，他的「惡毒」並不輸給我，我也耿耿於懷他笑過我的每句話。也許這才是我們的默契，我們得做點「不一樣」的事，藉著互相漏氣提醒對方，大家一起求進步一起加油。

3 重返傳奇，看到勇氣

直到最近，仍然有對臺灣歷史及影視發展頗有研究的年輕教授遇到我忍不住詢問：「關於你們在中影推動臺灣新電影的歷史中，我最不明白的是你們到底是如何闖關的？因爲不管當時的總經理明驥是如何開明，從他的背景看來應該是屬於最保守的舊勢力呀？軍人。政工，又幹過情報的，怎麼可能同意你們拍的電影？」在場另外一個學者也補上一句：「我更不明白的是他爲什麼挑上你和吳念眞？你們一個是生物系一個是會計系，你們倆完全和他們不搭調，也沒有電影專業背景。」這是兩個非常重要的問題，如果我能好好的回答，那正是我這本書發展到後來，最想要表達的核心思想：關於菜鳥，關於實驗，關於勇氣，關於創造，關於命運。

如果用二〇一六此時此刻最新的流行辭彙，來描述上個世紀八〇年代國民黨的中央電影公司，「不當黨產」和「轉型正義」應該是不錯的新鮮題材。半個世紀以來國民黨政權透過黨政軍三股勢力穩穩控制著整個社會，所有傳播媒體一把抓。黨、政、軍各自擁有一家完全可以掌控的無線電視臺，分別是中視、台視和華視，他們也各自擁有一家電影公司，分別是中央電影公司、臺灣電影製片廠和中國電影製片廠，其中又以屬於國民黨黨營事業的中央電影公司是一個大型托拉斯電影集團，除了位於西門町的總部外，還有位於外雙溪的中影製片廠及沖印廠，外加遍布全臺灣的十多家戲院，扮演著國民黨的宣傳機構，受到極嚴密的監控，包括軍情人員直接轉任主要職務。我並無意要把國民黨當年對傳播媒體的強控制結構，描述成爲一個多麼邪惡的共犯結構，畢竟其中也一定有不少想有所作爲或突破的有心人，歷史的功過應該留給歷史學家蓋棺認定。我眞正在意的是人。我關心的是人的思想和作爲。在過去那樣的強控制結構中，每個進入這種體制內的人能如何誠實的面對自己？能如何勇敢面對這樣的結構？立即成爲結構中的螺絲釘，把結構鎖得更緊更牢是一種態度，隨波逐流無所作爲也是一種態度，最難存活的當然是企圖反抗的人，這些人輕易就被逐出結構體制之外。

所以「臺灣新電影浪潮」最傳奇的地方，便是在強控制的戒嚴時代，國民黨所控制的「中央電影公司」忽然轉變成一個批判力道十足的電影革命基地，讓一波又一波的年輕導演進出革命基地如入無人之地，創作出一部又一部充滿原創、實驗、批判的電影作品。這期間到底發生了什麼事？是公司被人占領了？是老闆被人綁架了？隨著時間流逝，這則傳奇故事在臺灣漸漸被淡忘，但是在臺灣以外的地方卻被一再傳誦著，像是日本、中國大陸、新加坡、香港，甚至歐美，他們三不五時的在電影節辦那個時代臺灣電影的回顧展。蟄伏多年的我如果在這些場合被介紹時，對方的回應竟然都是恍然大悟的說：「原來你就是傳說中的那個人？」

這些反應鼓舞了我繼續寫下那些傳奇故事。我想記錄渺小脆弱的年輕人，在面對難以撼動、改變的強大體制和嚴密結構時，如何冒著被消滅的危險，勇敢做出與眾不同的反應，他們面對體制的反撲並不退縮。我盡量在每一個故事中找到和現代年輕人面對職場時的相近心情和觀點。

4 重返江湖，只剩孤獨

其實我和吳念眞在很年輕時就已經打完了那場以中央電影公司爲革命基地的八年電影戰爭，那才只是政治強人已死、臺灣解除戒嚴前後的新時代，臺灣眞正的改變才正要上演。如果我的人生就結束在那個時間點上，我的墓碑上可以這樣刻著：「躺在這裡的人雖然才三十七歲，但是屬於他個人美好的仗已經打完。」偏偏我的人生並沒有走到盡頭，對於未來的道路已經有點意態闌珊，對於時代的改變更有那種使不上力的無奈，於是我們這群曾經並肩一起作戰的朋友們就此分道揚鑣了。我是其中離開電影圈最徹底的一個。與其浪費生命在無謂的混亂爭鬥中，不如把人生多餘的時間留給家人。就這樣一留十年，徹底的隱遁，寫了六十六本書，直到另一場電視戰爭開打。（當然，我也間接回答了讀者問我爲什麼可以寫出一百本書的眞正原因了。因爲寂寞，因爲焦慮。）

我一個人匆匆披上戰袍騎著老馬來到了天下第一家的電視臺「台視」，十年過去了，我從意氣風發的年紀來到近半百之年，我的老闆還比我小六歲。我只能用「老驥伏櫪，志在千里」自勉。雖然我知道自己是喜歡有戰場的人，但是我更知道和那場打了八年的電影戰爭比起來，我這次注定是孤獨的，因為十年之後我再也不會有當年的幸運了。當時的幸運是因為風雲際會，八〇年代進出革命基地的都是才華洋溢的電影工作者，大家目標一致相互扶持的打造一個全新的電影時代。那樣的時代已經隨風而逝，臺灣的電影工業在千禧年到來時已經奄奄一息，反而電視頻道因為有線電視就地合法全面開放變成了百花齊放的戰國時代，原本因為市場壟斷而風光的無線老三臺經營上首度面臨虧損，我偏偏又選在這樣的危機時刻來到台視。

意外重出江湖，使我終於認清政黨輪替和政治改革的虛妄。我更加確定這個世界上真正的革命家是極少數，他們把革命當成生命的價值，生存的信念，是一種品味和享受，但是絕大多數的追隨者只是透過革命這樣美麗的口號，為自己爭取更多的名利，他們的人格和品德不見得比被他們推翻的人要高貴、高尚。我去台視上班後，吳念眞和其他朋友來探望我，他們穿過一個暗暗的走廊進到節目部時，吳念眞的第一句話便是：「怎麼像是專門替人非法墮胎的密醫診所？一股冷風陰森森的。」吳念眞送給我一個日本的時鐘，可以調整日曆的那種，他說：「送鐘送終，很不吉利，但是因為是日本製的，所以叫做時計。時計就是時時刻刻記得要準時下班。天底下沒有什麼大不了的事，時間到了就回家。」這是他的體貼。在老戰友們的祝福下，我一個人孤獨的展開了這場比電影更悲壯的革命旅程。在這樣寂寞的旅程中，繼續尋覓著值得信賴的夥伴和戰友。

後來又去華視上班時，正好到達五十五歲的退休年齡，我的人生簡直毫無章法和規畫。吳念眞、柯一正、李永豐等老朋友們仍然貼心的送我一個許多好朋友簽了名的鋼盔。吳念眞提醒我：「小心子彈不長眼睛，不要戰死沙場。」他老是習慣用死亡提醒老朋友，彷彿看透了死亡後人生就無所畏懼，可以戴上鋼盔勇往直前了。去華視的時候我不是一個人進去，因爲台視工作的關係，我終於有一些熟悉的夥伴，我們一起來到了這家原本隸屬軍方的電視臺。雖然有了自己的班底，但是那種孤獨的感覺依舊如影隨形，揮之不去。得知老朋友楊德昌導演過世的那天下午，我的車子駛入華視停車場時心臟忽然劇痛，我冒著冷汗一步也跨不出車門，我第一次有那種和死亡面對面的恐懼。如果我的人生就結束在那一刻，我的墓誌銘可以這樣寫：「躺在這裡的人已經五十六歲，他是一個大傻瓜。」

華視公共化對任何經營者而言都是一場必敗之役，面對一場必敗之役，身爲戰役的指揮者的策略是什麼？我決定在這本對我而言具有特別意義的書中，誠實的記錄這兩段不同電視臺的孤獨旅程。

5 重返青春，重新誕生

先後去兩家無線電視工作的經驗，不只看到政黨輪替和政治改革的虛幻，更看到人性的千瘡百孔和不堪。離開了華視之後有好長一段時間我連寫作都提不起勁，像失去依賴和存在感的孤魂野鬼在城市巷弄間飄泊。我決定換一個方式生活，讓自己成爲訪問者和傾聽者，重新學習生活。當那些由年輕世代所啓動的公民運動從四面八方點燃烽火之後，我的烈火青春重新被召喚，那是一種連我自己都不明白的神祕力量，全身細胞漸漸甦醒，感覺越來越敏銳，我也變得越來越愛哭。原來我被召喚出來的是青春期被壓抑掉的痛苦和熾熱。

這場超越藍綠之外的年輕世代所發起的公民運動，給了我們這群文化界和電影界老朋友和新朋友們重新凝聚的契機，從原本只是一個快閃行動「我是人我反核」被打壓，發展到一個大型定時定點十二個肥皀箱的「不要核四、五六運動」，持續了七百天一百場。十二個肥皀箱的露天表演和演講，像是一場大型的行動藝術、時間藝術，甚至觀念藝術，我們聲援了這段時間的其他公民運動，從洪仲丘事件、大埔事件到太陽花運動，甚至延伸到教育部前面的課綱微調，不同世代的反抗者和覺醒者在這一波又一波的公民運動中相互扶持、鼓舞。看著比我們勇敢的年輕世代跨過鐵絲網包覆的拒馬占領內政部廣場，從容不迫的在地上塗鴉和種菜，我的淚水沾濕了衣襟。我受邀走進被年輕人占領的立法院，看到每個入口都被他們用桌椅和粗繩緊緊綑綁，我的內心受到極大撞擊。我彷彿看到年輕世代替我們完成了我們年輕時想做卻做不到的反抗，我由衷的謝謝他們。

就在這樣的時代氛圍下，我的四個孫子和孫女密集的陸續誕生。當我的兒子和媳婦用推車推著孫子來到自由廣場找我時，相信他們看到的是一個陌生的家人。兒子曾經這樣形容他的震撼：「我看著父親，很確定他正在享受他的第二人生，在這人生裡，他不是小野，他叫做李遠。沒有兒子沒有女兒也沒有家人，他非常的開心，因爲他正準備要改變世界。這可能才是我爸爸本來的樣子。」女兒也像是發現了過去他不曾看到的爸爸，她這樣寫著：「爸爸那個世代的一些人有一種我們不太能了解的理想性格，如同詹宏志先生所說的，如果不能參與建造出一個年輕人喜歡的未來，他們的離去是不光榮的。我花了三十年才明白爸爸的苦心，他一直以來在做的，就是求個光榮的離去。」

當我看著「他正準備要改變世界」和「他就是求個光榮的離去」時，淚水止不住的如噴泉般的噴了出來，那是連我坐在心理治療室內都不曾有過的激動。因爲這些話語是從我那對已經爲人父母的兒女口中說出來，對我而言就是他們給予我最深的愛。因爲他們終於看到了一個陌生卻眞實的爸爸。

當所有的紛亂狂飆漸漸平息，我們又來到了自以爲被改變的世界，一個比過去更美好的世界，我們因爲參與其間有一種「與有榮焉」的欣慰。我不再流竄街頭，陪伴孫子孫女的時間也越來越多，在陪伴他們初始的原始生命中，我竟然有一種自己也重新誕生的喜悅。重返青春，重新誕生，人生逆向行駛，走向人生盡頭時等待我的不是墓誌銘，而是一次又一次嬰兒誕生的哭聲。是孫子孫女的，也是我的。

6 生存只是爲了等待一場又一場的野火燎原

第一個孫子誕生的那一年我終於又恢復了發表新書，那是我的第八十九本書《有些事，這些年我才懂》。在新書發表會上吳念眞這樣說：「人之將死，其言也善。所以我相信小野的這本書應該値得買來看一看。」聽起來非常刺耳且不吉利的話卻引來哄堂大笑，典型的藉由罵人夾帶讚美。

我當然也不會放過他，借力使力是永遠不變的法門：「我知道你總是咒詛我消失，因爲只有你知道我是目前世界上少數可以打敗你的人。但是你的咒詛不會實現，這也不會是我人生的最後一本書，因爲下一本書我已經完成。我至少會寫到第一百本書。」後來這本書意外成了暢銷書之後，吳念眞又有話說了：「你不要太得意忘形。不是因爲你寫得好，而是出版社會賣書。」就在這樣相看兩相厭互相漏氣求進步的鼓舞下，四年間我眞的寫到第一百本書。

同樣的在老朋友的生日宴上我又被主持人逼上了臺，之前已經有吳靜吉博士和柯一正導演對壽星至高無上的讚美，我的任務是要被迫「戳穿」這一切逗大家一笑：「剛剛兩位大老對吳念眞的讚美實在太虛僞了，你們完全高估了他的才華，他其實和我一樣平庸。記得我們十歲那一年各自代表自己的小學參加全國的作文比賽。」臺下的笑聲和掌聲齊發，這時吳念眞立刻站起來要去上廁所，這是他從二十多歲就會表演的動作，以表達他的不屑。他始終如一毫無進步。「一個是來自瑞芳侯硐國小的礦工兒子，一個是來自萬華雙園國小外省公務員的兒子，這兩個來自完全不同族群背景的孩子在十歲時的一場作文比賽相逢，結果兩個人都沒有得獎，所以我說他和我一樣平庸。從此我們兩人在後來的人生中歷經一次又一次的比賽，從文學到電影，一直到現在，我唯一能贏他的就是多了四個孫子。」其實我是認輸。我內心眞正的感覺是我何其有幸，在一路成長和工作的途中有那麼多善良正直、才華洋溢的朋友陪伴，相互信任的打著一場又一場人生戰役。我在送給他的卡片上簡單寫出自己此時此刻的心情：

「我們的生命就像一隻快寫不出水的原子筆。但是，仍然還要往下寫。因爲我們寫字的刻痕是如此深、如此用力，希望被後人看見。」吳念眞淡淡的回應：「我寧願隨風而逝，不留痕跡呢。」

人生終於來到了這特別的一天。六十五歲。第一百本書。同時我也找到了自己和外面的世界連結的方式。我把工作室設計得像是一艘潛水艇內部某個角落，平日我將自己沉入深深海底，陪伴我的是自己喜歡的書、電影和音樂，有時候把潛水艇浮出水面加入零零星星的戰鬥。我最新的一場小小戰役就是意外接下了一所非常特別的學校的校長工作，這所學校是全臺灣第一所由政府主導的技術型高中實驗教育機構，地點在靠近公館的寶藏巖國際藝術村，所有籌備工作接近完成，今年九月開學。對於師範大學畢業卻沒有走到教育界的我而言彷彿繞了好大一圈，又回到了最初始的原點，又再次應驗了我在和設計師討論工作室時的覺悟：「我們最想反抗的，也是我們最眷戀的。」

許多事情在冥冥中似乎早已注定了。我注定會和我在醫學院當生物助教時教過的學生柯文哲相逢，也注定要用自己搭潛水艇的方式，在他執政一年多陷入苦戰時陪他繼續打完這一戰，在文化和教育的領域用志工的心情助他一臂之力，他一再不肯妥協的正是當初決定從政的信念和理想。在籌備這所學校的過程中我的回憶不曾中斷，我漸漸回到我即將面對的學生的年齡，一個從十五歲到十八歲的自己，那些畢生無法忘懷的人和事，這些光明和黑暗交錯的鮮活記憶，深深影響了我的人格和價値觀，成爲我在未來做出許多選擇的眞正驅動力。在書寫和思考的過程，也解答了前面的另一個問題，爲什麼掀起電影革命的人是來自生物系和會計系的年輕人？那正是我們教育體制中最無用與荒謬之處。

從小我非常懼怕死亡，只要想到死亡之後世界仍然繼續運轉，活著的人隨著日出日落繼續生存著，彷彿我從來不曾誕生過。這些恐懼往往使人走向兩極：淡泊退隱或是野心勃勃，而我常常往返於這兩極。最後我找到克服恐懼的方法，那就是在一次又一次的野火燎原之後重新誕生，我聽到初生嬰兒的啼哭聲，不要懷疑，那正是我自己的哭聲。

在寫書的過程中，我回到15到18歲的自己，
那些光明和黑暗交錯的鮮活記憶，
成為我在未來做出許多選擇的眞正驅動力。

目錄

CHAPTER—1 不是學校的學校

CHAPTER——2 在最不可能革命的地方革命

CHAPTER——3

沒有未來的未來

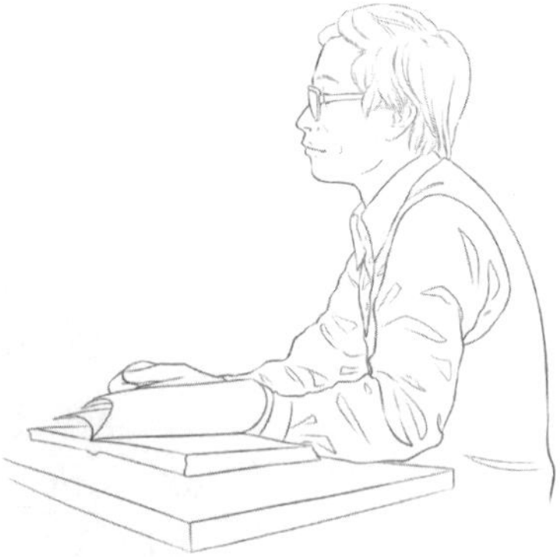

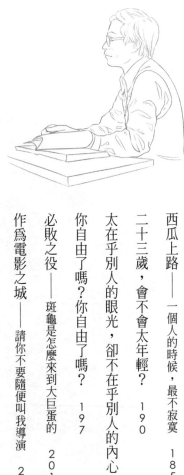

CHAPTER — 1

不是學校的學校

我們家的孩子都清楚自己的宿命：
別人有的我們不一定有，別人做不到的我們一定要做到，
所以個個都靠拿清寒獎學金繼續求學。

二十四歲那一年，我終於找到一家「不是出版社的出版社」出版我的第一本書《蛹之生》，竟然誤打誤撞成了一本非常暢銷的書。封面的書名和筆名都由爸爸用毛筆題字，這樣的印記一直維持到我的第八本書《蘋果樹下躲雨》。我想用寫作來榮耀自己的父親，但是卻不想用一輩子當老師來滿足父親的期待。我認爲那是一種反抗，可是當我漸漸老去才發現自己所反抗的，正是自己所眷戀的。一切都因爲愛。

如果我在師大畢業後一直沒有離開教育崗位，我應該是一個充滿熱忱的好老師。出版第一本書的那一年，我在新北市的五股國中擔任化學、數學和體育老師，那一年我成立班級圖書館、把化學元素表編成一首歌、從師大借了很多科學影片放給學生看、假日帶學生爬山捕捉蝴蝶做標本。別的老師對我說：「老師不是這樣當的，因爲將來誰能繼續教你的班級？而且你這樣的熱忱能夠維持多久？」這些話提醒了我，所以服完兵役後我應徵上一所剛剛成立的公費醫學院當助教，我把過去的講義重新增刪成第一本正式的「生物實驗教材」，而我自己也已經出版到第三本書。那一年我才二十六歲，一年內得到三個文學獎。

我只當了三年老師，卻當了一輩子的作家，當老師和當作家其實是同一件事情，都是想藉由傳播影響別人。也許我想影響更多人，想要改變這個世界。當我即將出版我的第一百本書的同時，我也成爲一所「不是學校的學校」校長，所以這輩子我從來沒有離開過教育崗位，我一直扮演傳播者。師大給我最好的禮物不是那張可以保障一輩子工作的畢業證書和教師執照，他們給我最好的禮物是讓我發現臺灣教育制度的缺失，也發現自己可以與眾不同。我可以勇敢放棄那張有很多保障的教師執照，成爲另一種傳播者，用自己的方式追求和別人不一樣的人生。

聖誕老公公的家——如何相信自己與衆不同

1　四十年前就不缺老師了

我是當年高舉「教育改革」旗幟的夥伴中極少數畢業於臺灣國立師範大學的，因爲這所學校是臺灣長期培養中學師資的大本營，是要被「改革」的對象。除了師大以外的大學，都希望臺灣國立師範大學不是臺灣極少數能擁有中學老師資格的學校，於是這股潮流終於得到「社會共識」而達到改革目標，從此各大學紛紛成立教育中心，當老師也成爲許多家長期待兒女的最佳職業選項之一，師大本身也立刻面臨轉型的壓力。如果這是一種進步的思想，也許到了回頭檢驗的時刻了。

按照當年公費生的規定，師大畢業後要服務五年。我只教了三年就出國了，至今還欠兩年，不過臺灣在我畢業那年就不缺老師，所以也不用還了，也就是說臺灣在四十年前就不太缺老師了。當年政府快速推行九年國民教育缺乏大量的師資，已經大大放寬錄取老師的資格，於是所有中學瞬間不缺老師。

所以當年我被分發到國中任教時，校長雖然說我是第一個師大畢業的老師，但是仍然有些爲難，因爲他們不缺生物老師。好在師大生物系的課程非常豐富，物理、化學、數學無所不教，加上我是籃球隊的隊員，最後我在國中那一年教的是化學、數學和體育，服完兩年兵役之後我不想返回原來的教育現場，就應徵陽明醫學院生物助教，爲將來申請出國深造做準備。

2 大家都用考試成績來比較自己的孩子

人會隨著自己的經驗、際遇和知識，不斷修正看待自己和世界的方式，這樣的修正一直到此時此刻，仍然繼續發生在我自己身上。我們班上大部分同學就在原來的制度和社會結構中，成爲大家羨慕的中學老師，教滿二十五年不到五十歲就可以退休，享受國家給予優厚的退休金，有些人遊山玩水之餘也偶爾當志工，有些人退休後再改行繼續工作。

我因爲繞了一大圈之後走向完全不同而陌生的領域，看待自己和世界的方式和大部分同學漸行漸遠，其中最大的差異便是看待臺灣教育制度的態度。當年能考進師大生物系的同學大約有一半是可以進醫學院甚至醫學系的，只因爲家境窮困而放棄，說他們都是會讀書會考試的菁英不爲過，所以當他們在聊到自己孩子的升學考試結果時，不只是有沒有上第一志願的高中，而且是第一志願中的第幾班。他們聊到孩子在補習班補習時談到的不是考幾分，而且進度超前兩年或三年。大家已經很習慣於這樣的「比較」而不自知。

遇到老同學們這樣的話題，我都覺得非常有壓迫感，覺得自己眞是班上格格不入的異類。因爲我總不能向他們抱怨自己的兒子讀小學就換了三所學校，常常挨老師揍，也不敢說女兒讀國中時因爲不適應天天考試的讀書方式想要移民，讀高中時更想要休學。我總不能說我們的教育制度有問題，因爲他們只會用同情的眼光看著我，心裡想的是：「爲什麼不說是你自己的孩子有問題呢？」所以我也很少參加同學會，因爲我不想和老同學爭辯什麼。直到我的孩子漸漸長大，有了自己喜歡的工作，甚至也都各自有了兩個孩子之後，我才比較釋懷，才又重新回到同學會的活動。

3 菜鳥作家的寫作策略

有一天，已經爲人父的兒子在一篇文章中這樣寫著：「爸爸做得最好的一點，就是眞正相信自己的孩子與眾不同。因爲這是一件一開始容易，到最後會非常困難的事。」兒子的這段話曾經使我流下了眼淚，因爲後來我選擇了在家工作，陪伴他們一起學習和成長，而孩子們回應我的是他們都挑選了非常艱難的求學之路，挑戰他們在學習上的極限。

當我重新回到大學同學會聊到孩子時，我很想很想故作輕鬆的說：「我的笨兒子後來在紐約哥倫比亞大學研究所畢業時還得到榮譽獎。」或是說：「我的笨女兒一個人飛去米蘭讀設計時，選了以義大利語教學的學校。她很勇敢。」我很想這樣炫耀，結果我沒有這樣說。因爲隨著各自孩子長大以後就沒有什麼可以「比較」了，面對的可能是人生的其他問題。老同學們現在只知道我已經是三個孫子一個孫女的阿公了，這才是我覺得更值得炫耀的事，因爲我眞心期待孩子們長大後勇敢追求自己想要的人生，願意爲自己的人生付出努力扛起責任。

事實上當我又回到同學會的活動時，彷彿重回到大學時代的那個自己，講笑話逗大家笑，大家似乎也被我逗得很樂。我想起許多大學時代的笑話，其中最經典的和我在大學時代就成爲作家有關。大學時代的我在精神上已經漸漸遠離了關係緊綳的原生家庭，考上公費的師大讓疼愛我的家人都鬆了一口氣，何況我也乖乖的兼了三個家教把賺到的錢貼補家用，所以我決定開始寫作投稿。其實我也有點相信自己是個與眾不同的生物系學生。

作爲第一次投稿的菜鳥作家，我的思考再簡單不過：（一）我有什麼和別的作家不一樣的故事？（二）我最想說的、最受震撼、最覺得新鮮刺激的是什麼？（三）在我有限的能力和經驗中，我最能掌控的故事是什麼？所以如何和別人不一樣，如何與眾不同是我的寫作投稿的策略。於是我決定寫大學生去家教中心找家教工作的感覺及當家教的經驗，寫師大生物系同學在實驗室內發生的故事，談科學實驗的求眞和作假。前者觸碰剝削勞工的問題，後者觸及更敏感具反省批判的議題。〈家教這一行〉和〈周的眼淚〉順利發表，後者引發極大共鳴，當時最具指標性的《讀者文摘》立即轉載。

得到鼓勵之後我又繼續這樣的風格寫了〈遺傳〉〈網〉等短篇小說。中央日報副刊主編夏鐵肩來信詢問我是否可以寫一篇連載小說，我知道我的機會來了，雖然學校功課和三個家教使我分身乏術，但是我更不願意放棄從天而降的大好機會，決定不眠不休，完成了中篇小說〈蛹之生〉。一切事情發生得又急又快，大學還沒有畢業，我的未來人生多了一個選擇。

4 在教室外面罰站的作家

短篇小說陸續發表之後的某個下午，我被女同學阿花擋在教室外面，她雙手插腰質問我說：「你那篇〈周的眼淚〉中的陳小娟是誰？你寫她在做實驗時吃零食聊天，最後又偷偷改變實驗結果。還有〈夜梟〉那篇的董瑪麗、任秀玲、蘇彩華，這三個專門在系館問考古題的女生又是誰？今天你如果不給我講清楚，我不會讓你進教室上課！我陪你站在教室外面罰站。」原本意氣風發的我，只好嘻皮笑臉的向盛怒的阿花解釋說：「小說是虛構的，我當然是虛構了這些角色。小說又不是科學。」「你少騙人了。你的小說寫的實驗課過程那麼仔細，什麼棉子油的酸值，皀化值、水冷式迴流冷凝管，難道都是虛構的？難道系館也是虛構的？」阿花從雙手插腰變成雙手抱胸。「你說的那些實驗過程細節當然是眞的，爲了要讓讀者能在閱讀中享受眞實感，關於專業技術方面的描述越眞實詳細越好，但是人物和故事情節卻可以按照作家想要表達的主題任意虛構。這正是小說的特色。」「可是我讀起來卻覺得是眞的，那些人很像我們班的同學。」阿花忍不住笑了起來：「例如那三個喜歡在系館K書的三個女生就很像我們班的轉學生。而且名字都有一個字相同，你是故意的齁？」「我不會出賣同學的啦，以後收到稿費就捐一半給班費，中午大家去龍泉街吃牛肉麵和水餃。」我仍然嘻皮笑臉的求饒，最後阿花才釋懷的放我進入教室了。

讀生物系的女生和讀文法商的女生很不一樣，她們一般而言數理科都不錯，甚至還有那種數學天才，她們和男生一樣上山下海採集動植物標本，都要有相當好的體能，面對解剖不同的動物也不能皺眉頭，把她們想成是和女醫生有相同特質的人就對了。通常上課時她們都搶位子坐在最前面，男生懶洋洋的走進教室都只剩下比較後面的位子，所以平均而言女生成績都比男生好。我不太敢追求班上的女生，總覺得她們根本看不上我們這些不太積極讀書的男生們。我們班的男生有不少各方面的天才，會寫詩、寫曲，他們在男生宿舍的床上擺放的全是文學、哲學的書和古典音樂唱片，我喜歡和他們混在一起，打球、唱歌、閒逛。我對現代文學有更深刻的認識竟然是在生物系男生宿舍六〇六室。每逢考試前夕，我們平常不用功的男生們便以六〇六室爲基地，大家分配原文教科書的章節抓重點猜考題，接近天亮前交換心得和重點。我最希望老師考試的題目超出教科書範圍，要求我們自由發揮自己設計一些實驗來證明什麼，通常我會拿下全班最高分。我大約就是在這樣要「成爲別人老師」的求學過程中對於臺灣只重視升學考試的傳統教育體制有了懷疑。不過也因爲有臥虎藏龍的同班同學的刺激和互動，使我像毛毛蟲結了蛹，最後羽化成蝶。這正是我寫中篇連載小說

〈蛹之生〉的靈感。

5 其實大部分人上了大學後還不認識自己

參加大學同學會時，我說了一個笑話。我說如果要向別人介紹我們師大生物系這一班，我會很驕傲的說：「我們這一班太厲害了。比較解剖學全班唯一不及格的男生後來當上了醫學院的比較解剖學的教授；天天蹺課成績不怎麼樣，喜歡在宿舍內自拍裸照的男生，隨便參加全校游泳比賽就拿冠軍，隨便去美國念書就成了國際腦神經方面的權威，還曾經帶了美國醫療團隊回臺灣進行帕金森病患的最新治療手術；還有一個體格強壯天天打籃球，一度想要轉到體育系的男生，後來在家族的期待下重新考上醫學院，以第一名畢業，現在是已經成爲南部接生最多的婦產科名醫；還有一個對歷史文學充滿熱情，對生物科學毫無興趣的同學，專挑通識教育課程中的歷史、國文上課，很少上生物專業課程，因爲忙著當家教賺生活費，畢業後想要改變一下人生，也重新考上醫學院當了醫生。別人就問說，你們班上成績不怎麼樣的男生都這樣厲害了，那麼成績好的同學不是更可怕了嗎？我回答說，他們都去中學當老師了呀，所以臺灣的學生才那麼會讀書呀。」臺下同學們都哈哈大笑，那個南部的婦產科名醫立即接著說：「是啊，我們班還有一個男生只是隨便寫點東西，就成了暢銷作家了。」

這個笑話說得當然有些誇張，但是並沒有任何諷刺的意味。事實上我省略了這些在事業上很有成就的同學爲了重新開始新的人生，用意志力克服了自己的恐懼，所花下去的時間和努力是驚人的，他們也經歷了許多不爲人知的挫折和辛酸，並非每個人都可以忍受的。我更想藉由這樣眞實的故事告訴年輕人，不知道自己將來要做什麼是非常正常的，因爲大多數的人是不知道自己爲何誕生，爲何存在？當然也只能隨波逐流人云亦云，把社會上普遍的價値觀當成自己的人生觀，而且盡量不要與眾不同。未來的世界變化非常快，我們要思考的反而是如何與眾不同，找到如何看待自己和看待世界的態度和方法，才更能掌握自己的人生和未來的命運。

6 天天聽到校園的鐘聲

在師大轉型之後的某一年我接到學校的通知，說要在校慶時頒發傑出校友獎給我，理由竟然是我是「轉型成功」的好範例。師大傑出校友獎是這十年才有的，每個系推薦系上畢業後最有成就的同學，從師大生物系畢業後在國際上成爲傑出生物學家的同學大有人在，甚至有學長在學術界的成就曾經被提名諾貝爾獎，所以我能以另一種理由得獎眞正彌補了我沒有繼續在生物科學的領域走下去的遺憾，學校也想藉此強調未來大學生的學習，要跨領域、連結不同知識和自主學習的重要，我甚至於期待師大未來能轉型成爲臺灣實驗教育的大本營。

因爲師大的強項之一是藝術課程，包括著名的音樂系和美術系，可是長期以來升學主義掛帥，許多學校忽略如此重要的藝術課程。未來的實驗教育課程安排及文創產業人才的培養都非常需要藝術課程。最近我自己也率先進入這個實驗教育的領域，可以完成還欠國家欠師大「兩年」的心願。

上臺領獎的那一天，那些穿著旗袍打扮端莊的學妹忍不住問了我一句：「學長，你們那時候的師大有招收日本人嗎？」我搖搖頭說：「學妹，我是臺灣人。」「我們都在猜你是日本人，不然怎麼會叫做小野？」我不想再回答，因爲再談下去會影響我的好心情，不過這一切都不影響我對於師大和同學們的情誼。我的住處和工作室在師大附近，天天聽到從師大傳出來的鐘聲。有一天我用雙人座的嬰兒車，載著三歲的孫子和快兩歲的孫女逛進師大的校園，孫子看到種植著幾株印度黃壇、印度紫檀的木質平臺就說：「阿公，這裡就是你和聖誕老公公開會的地方嗎？」我順其自然的回答說：「是啊。」「那我們去找聖誕老公公好不好？」我也很自然的回應說：「好啊。不過他住在芬蘭，全世界的小孩子都在等他來送禮物，可能不在這裡。」從此以後我們如果要去師大或是附近玩耍，都會說我們要去聖誕老公公的家，看看他在不在，並且向他說聲謝謝。

師大對我而言眞的就是聖誕老公公的家，那兒有我取之不盡的禮物，最好的禮物不是象徵終生教師執照的畢業證書，因爲我只使用三年就沒有用了。師大是讓我學習到如何與眾不同的地方，也讓我知道唯有改變教育政策和制度，才能讓我們下一代的孩子勇敢追求與眾不同的自己和人生。

人家只點燃一根火柴，你卻已經野火燎原

師大畢業四十二年後，我「終於」當上了一所不是學校的「學校」的「校長」。這樣的說法很奇怪，不過對照我過去奇怪的人生道路，這樣的結果似乎是必然。「臺北影視音實驗教育機構」（簡稱：TMS）在法令上屬於「非學校形態的實驗教育」，只能用個人、團體或是機構向教育主管機構申請核准，完全不必按照教育主管機關認定的課程上課，三年後取得高中職同等學歷。所以，既然不能叫做學校，何來校長？

不過還來不及思考法令和名稱問題，連應徵來的新老師都還沒有見過，對外招生的活動也尚未展開，我就已經每個星期假日租一輛YouBike，沿著河濱步道騎車去「寶藏巖」，穿梭於那些櫛比鱗次的陳舊簡樸的房舍和附近溪流草原之間，想像著未來實驗教育的各種可能。漸漸的，我從原本的忐忑不安到開始有了一些想像：我看到萬盛溪潺潺流過的清澈溪水和溪邊林木，也許可以復育螢火蟲。看到一些石頭或水

泥鋪的步道，就想到也許可以把最符合生態保育的手作步道觀念引進來，利用截水溝來引導水流。入口處的那棵苦楝樹提醒我，也許我們也可以在適合的地方多種些可以扎根比較深的本土樹種。還有原本是萬新鐵路的汀洲路，可以透過田野調查形成一條文化路徑。對我而言，學影視音的技術並不難，最難的是人文素養，還有對文化藝術的嚮往和對生活的熱情，這些都會反映在他們的工作態度上。當我把這些想像告訴家人，他們哈哈大笑說：「拜託你都幾歲啦？每次人家只是點燃一根火柴，你卻已經野火燎原，你還是在家多陪陪孫子們比較幸福吧。」

是啊，家人說的「野火燎原」倒是事實，因爲他們曾經被一次又一次的野火波及過。不管是漫長的文學創作、八年的電影公務員生涯，年過半百才轉戰電視界，甚至只是在家工作，順便陪伴孩子成長，人家可以安安靜靜的當成職場工作來做或是日常生活來過，我卻偏偏把每樣工作或是生活，包括在家陪伴孩子，都要搞得像八年抗戰那樣的驚天地泣鬼神，非要「興風作浪」一場才覺得「凡走過必天翻地覆才是正道」。欣賞的人會拍拍手說我是「引領風潮」，討厭我的人會搖搖頭說：「這個人病得眞的不輕，不要讓他加入遊戲，他會當成上戰場。」我連自己都不太明白事情爲什麼會這樣？我不懂自己。

於是我想起了後來影響我大半輩子命運的那件事情：我和一位大學時代教我「遺

傳學」和「教材教法」的諸老師之間的故事。曾經擔任過師大生物系系主任也寫過大學普通生物課本的諸老師，在師大生物系裡是備受尊崇的學者，桃李滿天下，許多國際上知名的科學家都曾經是她的弟子門生，偏偏我是她的學生中最不受教的一位。因爲沒有一個學生會在她的課堂上忽然舉起手說：「老師，你的課上得很差，你看，大家都睡著了。」沒有學生會這樣說，可是我眞的說了。那是一堂師大學生大四的必修課「教材教法」，老師正在黑板上教我們國中生物課本內的「循環系統」，老師聲音很溫柔，南風吹拂著教室內即將去國中任教的當屆昏昏欲睡的畢業生們，我望著窗外已經開滿如淚水般金色花瓣的阿勃勒，幹下了這樣的蠢事。更蠢的事情是當老師在盛怒下放下了粉筆，冷冰冰的說：「那請你上來示範一下。」我應該立即道歉，甚至編一個理由哭著求饒說：「對不起，因爲最近父母生病，我要賺錢養家，壓力大到快崩潰，請老師原諒我的冒犯。」如果要更逼眞，立即下跪可能化解危機。

偏偏我沒有立即化解危機的智慧，替自己找到停損點。反而衝上了講臺，把老師畫的小小心臟和血管擦掉，自以爲是的重新畫了一個舊時代打水的幫浦，用來解釋心臟如何壓縮把含氧血透過動脈輸送到身體各部位的原理。我因爲太亢奮太緊張，聲音大到把臺下睡著的同學都吵醒了。請不要以爲我要傳達的訊息是當時年少的我有多麼英勇和熱血，其實現在回頭看這件事情，除了蠢上加蠢之外，另外一個形容詞是白目。是的，既蠢又白目，我得到的教訓是這科差點被當掉之外，甚至波及到另外一門四學分的遺傳課，也差點因爲報告的理由被判學年分數不及格要補考，甚至不能畢業。當時的潘助教看在我的考試分數都在九十分以上替我求情，最後老師法外開恩只小小的教訓了我，給了我學期分數八十分，讓我維持了A，最後我也得到全班同學推選那年一班只有一名的優良學生。但是，故事並沒有結束。當完兵之後的我，並不想回國中教書，而去應徵了剛剛才成立兩年的國立陽明醫學院生物科實驗助教，當時有五位應徵者，除了我其他四位都有碩士學位。更關鍵的是，在陽明醫學院教大一生物科的諸老師是唯一的口試委員。她微笑的問了我幾個問題，我內心嘆息嘴角苦笑的隨便應答，恨不得趕緊逃離現場。我的嘆息是，看吧，這正是愚蠢加白目的結果。

或許各位已經猜到了結果，因爲結果是如預期一樣，就不會是好的故事了。後來我以最低學歷和最惹人厭的條件，成爲當時唯一被錄取者，據說理由是諸老師表示她曾經「聆聽」過我在臺上教人體循環系統，她說這個學生如果上實驗課應該可以勝任。她挑選的人不是應徵者中學歷最高學業成績最好的，反而是表達能力和溝通能力最好的。其實眞的要下跪道歉或是道謝應該是在這一刻，可是我沒有，一直到此時此刻都沒有。因爲當我去山上報到時，大一生物課已經換上新的薛老師，我們無緣再相逢。我在這所醫學院教了兩年書，並且結婚生小孩，所有未來的命運都決定在這兩年。我常常回想如果那年我和其他同學一樣坐在臺下睡覺或發呆，也許後來的人生會很不一樣。可是，偏偏我舉了手，我上了講臺，我試著講了半堂課。我點燃了心中的野火，一直燒到現在。

在一場市政府內部的會議中討論到「TMS」要不要設校長時，柯文哲市長問校長有沒有薪水，大家齊聲回答沒有。柯市長看了我一眼說：「那就拜託你了。」柯文哲回憶他在就讀陽明醫學院時遇到一個已經是作家的助教，在帶「生物實驗」課時很認眞。所以凡是聽到「實驗」兩字立刻想到他。事情其實就這麼簡單，而且必然。

如果當初在師大當學生時的教室裡我沒有舉起手，後來的這一切都不會發生。

不看成績，要看什麼

「不看成績，要看什麼？」在寶藏巖「臺北影視音實驗教育機構」招生說明會上有家長直接這樣問。籌備處主任陳爸回應應徵者可以盡量提供個人的作品或相關連結，尤其是臉書。我忽然對於這個「充滿哲理」的提問覺得非常有趣，於是補充了自己的看法：「不看成績，我們看人。」

人要怎麼「看」？那就要看那些「口試委員會」們看人的角度和方式，就像每一種比賽的評審委員是如何挑選他們心目中最好的人或是作品。我們正處於一個充滿偏見、成見，甚至隱約敵意的社會，在政治上非藍即綠，在教育上非好學生即壞學生，在價值觀上非正常即不正常，在政經階級上非富人即窮人。十二年國教說百分之九十是免試升學，結果是百分之九十參加「不是考試」的會考，每差一分就差一個志願，去年和今年的計分方式又不一樣。我們習慣這樣的把每個人經過分數鑑定後再加以分類，沒有耐心用更複雜更客觀更全面的來看一個人生才剛剛起步的孩子。如果你問我如何挑選我們「想要」的學生，我比較喜歡「保有」眞誠、好奇心、學習熱情、帶點反抗叛逆精神和有自己想法的孩子，如果又具有包容、寬大、慷慨、同理的心，那就更好了。

爲什麼用「保有」這樣的字眼呢？因爲國中畢業生在體制內已經接受了九年國民教育，體制內的教育難免會有一些框架、規範和價值觀的傳授，在「考試升學」掛帥的教育體制中要突破這些習以爲常的思考方式的確是不太容易。我承認或許這也是我的偏見和成見，因爲長期以來在體制內工作的教育者有反省和熱情的並不在少數，隨著時代改變，孩子們透過各種管道獲得資訊的方式遠遠的超越了上一代的學生，否則就不可能有太陽花運動的發生。

就在招生說明會的次日，我去一家電視臺錄影，這是一個讓高中生們直接和作家面對面討論作家某一本書的節目，很不愛上電視的我爲了想要了解現在的高中生在想什麼，很猶豫之後答應了。我們要談的那本書是二〇一二年出版的《有些事，這些年我才懂》（究竟出版社）。

這本書是我在漫長的寫作生涯中一個新的開始，在這本書出版之前，我在寫作和出版上遇到了過去不曾經歷過的挫折，於是認眞思考暫時停止一切相關活動。這本書的出版使我重新發現了許多更年輕的讀者，於是我才又恢復寫作和出版。我在這本書中提出了人生七個問題，節目的設計環繞著這七個問題，第一個問題正是「我是誰」，這和「不看成績，要看什麼」是相同的意思，這也是人一輩子想要追尋的答案。在攝影棚內六所高中的十八個學生乖乖的坐在我對面高高低低的臺子上，我開始靜靜的「看」著他們。「不看成績，要看什麼？」「不看成績，我們看人。」「觀其形不如觀其神，觀其神不如察其氣。」我腦子裡反覆出現了這些話。錄影前製作人告訴我，下午是臺北市各校模範生接受柯文哲市長表揚的活動，景美女中有一位同學放棄了象徵最高榮譽的活動，寧願來參加錄影，因爲可以有更多的學習。

錄影開始了。我看著坐在最前排的三位景美女中的高中生，左邊的那位特別高大已經像是大學生了，眼神靈活左顧右盼，應該是一個在學校非常活躍出風頭的孩子。中間坐著的女生相對嬌小，臉上充滿笑意和信心，姿態有點氣定神閒。右邊的孩子看起來很乖，臉部表情並不多，有點猜不透她的心思。輪到她們上臺時，她們談「人爲什麼痛苦？」像大學生的女生做了開場，論述痛苦是「折磨和能量」；氣定神閒的女生說她覺得內心掙扎和痛苦的事情是升大學志願表只塡了一個，是不在臺北的一所大學的一個科系，因爲父母非常疼愛她尊重她，她對於自己的一意孤行覺得不安，因爲她知道父母會因爲她的遠行而寂寞；第三位同學做了總結。這時我已經猜到是哪一位同學沒有去參加下午的表揚活動了，因爲她只塡了一個志願，而且態度從容自信。

金陵女中的帶隊老師說她本身是我的讀者，連剛剛才出版的新書都讀完了，她的學生問了我一個使我在回答時差點哽咽的問題，問我爲什麼在描述母親臨終時如此淡定和放下，卻在敍述妹妹的離去時那麼不捨，難以釋懷。對於高中生而言，或許這是比較難理解的人生境遇，但是我仍然用愛和壓力來解釋，並且說了很多故事。我表達方式一向直白，有時情緒還很激動，缺乏內容的取捨能力，這是我自認爲一直無法克服和修正的缺點，往往事後很懊惱。但是有朋友提醒我說：「許多事情同時具有兩面，看似缺點，卻也可能是優點。你的直白也許少了斟酌取捨，但是也容易使人覺得眞誠。如果你一再對自己發表的言語做修正調整，達到完美無缺的境界，像是成功的演講家，卻少了眞誠，就不像眞實的你了。」之後，我就更加放下這些憂慮和擔心，更自然的做自己。

在節目的設計中要求我對六組同學的報告做講評，我採取了一個簡單的方式就是先談他們在表現上的優點，之後再直指每個問題的核心，說出我個人的看法。我曾經在一些創作課程擔任結業作品的評審老師，我也是用這樣的方式評論每個學員的作品。曾經在公開場合評論一件其實寫得並不好的劇本時先說一些優點，立刻有學員笑著說：「老師你也太善良了吧，簡直接近討好。」

事後我一再思考、反省，覺得這正是我最擅長的溝通方式，因爲我最不擅長的便是批評別人，甚至罵人。容易看到別人的優點的人應該比一眼就挑到別人毛病的人快樂吧？如果用這樣方式和別人進行溝通，再誠懇的指出核心問題，並不失原則，溝通效果可能會更好。我曾經懷疑自己演講或致詞時，喜歡用說笑話嘲諷自己的方式開場是一種討好或是掩飾，後來也是有長輩告訴我：「嘲諷自己是幽默，是有自信，嘲諷別人是刻薄，是充滿敵意。你要珍惜自己擁有的優點。」我這才漸漸完全接納了自己，不再自責、自卑。

當錄影結束後，中正高中的兩位男生說他們還有問題要問，他們丟出來的問題嚇了我一大跳：「你覺得野百合運動和太陽花運動在本質上有什麼差別？」「你願不願意參加九月十日由我們舉辦的高中生跨校會議，叫做OPEN SPACE？」他們很亢奮的說著自己的構想，像是要搞革命一樣，和剛剛在有燈光和面對攝影機的臺上，有些緊張和拘謹的模樣判若兩人。他們都是八年級後段班的孩子，耳濡目染了這幾年由七、八年級學生透過網路所創造出來的公民運動，應該是極渴望社會參與的新一代高中生吧？

不看成績，可以看的東西可多呢。我們不斷的學習觀看自己，也觀看別人，努力拋棄成見、偏見和敵意。如果你問我是去哪一家電視臺錄影，我不必告訴你答案，只要告訴你一個小插曲應該就猜到了：當我們開始進行錄影時，我有點不自在，因爲很不習慣攝影棚的氣氛。爲了放鬆自己，不自覺地蹺起腳來。製作人立即上前要我把腳放下，其實我有點不悅，就故意問了一句：「所以也不能說髒話囉？」算是小小的抗議。你應該猜到答案了吧，因爲這也是觀看的一種方式，不是嗎？

勇敢的野狼vs優秀的綿羊

「他想得到的不是成功的喜悅，而是無畏失敗的勇氣，那會使他有重新體驗青春的快樂。」（此時此刻重讀《老人與海》的心得報告）

1

那天晚上我去寶藏巖的瓜棚下參加和當地居民溝通的座談會，這場座談會是在議員要求下舉行的。其實寶藏巖的住戶只剩下二十幾戶，而且他們是向文化局承租的，他們最關心的是十二年的租約到期後的權益，還有房子漏水的修理可不可以快一點，顯然在這裡「辦學校」並非他們最在意，甚至能理解的。

臺北有那麼多廢棄的學校和空間，爲什麼偏偏要挑在這個很奇特的地方辦「學校」？這個地方從清朝、日治到國民政府，從越來越多的移民來到這裡自己蓋房子，到後來一些藝術家被安排到這裡辦展演，一連串奇特的發展過程，寶藏巖的存在正解釋了臺灣近代歷史演進甚至文化政策的微妙改變。被安排坐在第一排正中央的白先生已經九十二歲，他的發言很短很激動，但都在可以預料和理解的範圍。他用顫抖的聲音訴說這裡的房子是他自己花錢蓋的，沒有向政府要一毛錢，他參加了捍衛臺灣最關鍵的八二三炮戰，卻落得如此下場。他說他養育了四個孩子和九個孫子孫女。

我用同理心和白先生對話，告訴他我的父母也是在國共內戰期間來到臺灣，在十戶臨時搭建的鐵皮屋公家宿舍暫時定居，因爲都市計畫被拆除，父母親一直到離開人世都不曾擁有過自己的房子，而我們再也找不到童年的一磚一瓦，可是寶藏巖還一直在，而且已經成爲政府要保留的共生聚落。我也告訴他我們拍過一部「八二三炮戰」的電影，未來也許會拍成電視連續劇或是紀錄片。我想告訴他，所有的歷史都不應該被遺忘，並且應該重新賦予它們新的意義。我沒有說出口的當然也包括那些轉型正義要探索的歷史眞相，社會最終要達成和解和凝聚共識。教育、文化、歷史從來是息息相關的，只可惜過去的教育內容刻意扭曲了文化和歷史這兩大領域。這也是選擇在寶藏巖辦學校的理由。

2

臺灣傳統教育最大障礙是藉由升學制度和考試制度來培養菁英，放棄了那些無法適應這套模式的大部分學生，使他們的人生提早自卑挫敗。但是傳統教育的教學方式又是由上而下的指導和填鴨，不重視學生自主學習的態度。這些被培養出來的菁英面對眞實的世界時往往也陷入恐懼和焦慮。

前耶魯大學教授威廉・德雷西維茲在一本書中稱這些菁英是「優秀的綿羊」（Excellent Sheep），在這本書的封面上「EX」上打了一個紅色的叉。他在書中形容菁英式的教育教出來的「優秀但是迷途的綿羊」只敢跟著前面的領頭羊的鈴聲向前走，他們因爲一向傑出，所以恐懼失敗和犯錯，他們對於排名、競爭、比較非常敏感，所以他們只想擁抱自以爲的安全感。他們非常害怕實驗和探索，也排斥不熟悉的新觀念和新視野。

他對這些菁英們這樣喊話：「我並不是在鼓勵學生離經叛道，而是學生時期該有的實驗精神與追求多元自我不該就此喪失。如今學生們似乎只認同一種自我，並且也爭相模仿該形象，那就是成功的上流階級專業人士。菁英教育成了生產線輸送帶。」

然後他提出了幾個方向來修正這種無奈的菁英教育模式，像是小班制、教師的熱忱、互動式教學、專業開創及領導能力的培養、自我探索、文學藝術的薰陶等。

他所提出的修正也正是我們想要在寶藏巖創造一所很不一樣的學校的方向，我們不只想要培養未來影視音幕後的工作人員，更希望藉由實驗教育和傳統教育對話（對話而不是對決，這是新時代的流行語。）傳統教育面臨停滯不前甚至崩潰的危機，體制內的改革越改越複雜，新上任的教育部長也提出由下而上以「學生學習」爲主題的改革大方向，包括學生代表可以參與課綱的審查、十二年國教逐漸走向免試入學、高中職開放更多的選修課程、加強學用互動的體制和課程（學習內容和職場不脫節、十八歲先工作再回學校）、大力改革沉淪的高等教育、徹底解決弱勢學生扛著學貸進入職場的壓力。實驗教育的目的正是走在這些體制內改革的前面，作爲未來體制內教育改革的範例。

3

前陣子國中升高中的會考結束，因爲題目簡單所以那些補習班的名師們又提出警告說，如果想要進前五志願，每一科都不能錯兩題以上。這正是我們美其名的十二年國教，在一個牢不可破的共犯結構下的「改革」。有多少無法被考試鑑定能力的孩子被犧牲？你如果告訴我現在升高中還有一項「多元能力」的評鑑，你知道自己在說謊，因爲那只有更增加學生的學習負擔和拉大貧富不均的差別。臺灣教育體制長期的失序和停滯絕對是阻礙臺灣社會在各方面進步的最大絆腳石。如果我們的年輕人都被教育成相同的綿羊，茫茫然又慌慌張張的擠在群體裡，不清楚未來的方向，我們又如何能寄望於他們呢？現在的國中畢業生正好是第一批的九年級生，十五歲，十年後就進入社會了。如果傳統學校仍然一成不變，想想那時候的社會結構，銀髮族人口爆增，一代代年輕人仍然沒有出路，眞可怕。

我想到年輕時喜歡的美國作家傑克・倫敦，他寫的那一系列的動物小說《野性的呼喚》和《白牙》，那些在荒野中不停戰鬥、覓食以求生存的野狼，在被人類馴化的過程中，爲了保有原始的野性不停的反抗、奮鬥和掙扎。如果要找到和「優秀的綿羊」對應的名詞，便是充滿求生野性的「勇敢的野狼」，牠們能靠自己的本能，尋找食物，爲自己走出一條生路，牠們能忍受惡劣艱困的環境，無畏向前進。我們不是要馴服、屈服野狼，而是陪伴他們奮勇前進，培養他們能自我探索的能力和知識。

我們最不希望教育出來的孩子是那種把一切得到的東西都視爲理所當然、在舒適的環境中受到過度保護而有依賴心的媽寶。所以吃苦、勞動、自主學習和自己生活也是我們教育的核心精神之一。從自主、自律、自省到自愛、自信是我個人對學生們具體的期待。

小時候讀海明威的《老人與海》時一直不明白作者想要表達什麼？那也是我唯一寫不出心得報告的小說，現在自己的人生來到了和老人相似的心境時終於有些領悟。此刻的我，已經歷大風大浪的我，終於可以寫出一點心得報告了：「過去自己選擇的工作，都是別人心目中充滿不確定性、缺乏安全感甚至帶有危險性的，自己始終無法安於可預知未來的、一成不變的、平凡無奇的工作和生活。老人捕獲了那隻力量比他大許多的馬林魚，將老人拖入不可知的遠方和隨時會發生的災難，可是老人卻不肯放過這樣的拚搏，他想得到的不是世俗可衡量的利益，也不是成功的喜悅，而是他本身爲了想做而做的堅強意志力，而是那種無畏失敗的勇氣。那會使他有重新體驗青春的快樂。在海上和馬林魚長期搏鬥的本身，就是他人生全部的意義，無關乎最後帶回岸上的是魚肉或是魚骨。我接受，而且欣賞這樣的人生觀，雖然一直違背大人的期待。」

未來，我最想和九年級的孩子們分享這本書，因爲我此刻的心情正是如此。何況此時的老人並不寂寞，船上有許多年輕的朋友們和他一起拖著那條巨大的馬林魚，目標一致的勇往直前，不管距離碼頭還有多遙遠。因爲我知道，我們要辦的不只是一所學校，而是和社會上存在已久的、難以撼動的許多功利的主流價值觀對話。這種感覺使我覺得年輕，好像一切又重新開始。

聽說，這裡將會有一所學校

1 寶藏巖國際藝術村裡的TMS

清晨的口試就要開始了，寶藏巖還在沉睡中，我悄悄經過寶藏巖的廟前看到了一個令人震撼落淚的畫面。一個手中拿著資料夾的小男生正對於陌生又奇異的環境四下張望時，他的母親正在爲他的應試跪拜，叢林中不時傳來蟲鳴鳥語，回應著爲人母的虔誠默禱。昨天有家長帶著孩子來寶藏巖看未來的學校環境，竟然詢問寶藏巖的房子一幢大約多少錢，他考慮未來如果孩子要讀這所學校，乾脆就直接買幢寶藏巖的房子給孩子住，將來再賣掉。這兩個簡單的畫面正描繪了此時此刻臺灣的社會狀態和教育現場。問題是，寶藏巖不是一般人想像可以當成商品交易的房子，市政府曾經花了大筆經費整修下水道及房子結構，除了保留一些房子出租給原住戶，其他房子已經改造成國際藝術村，現在有一部分房子提供給「臺北影視音實驗教育機構」使用，正在進行內外部的裝修中。而我成了這所第一年只能招收四十一人的TMS第一任校長。對我而言，這樣的狀況似乎是一種宿命。

在原本計畫中我也是六位口試委員之一，但是我決定建立學校的傳統，那就是由辦學的人挑選最適合的老師，由老師們共同決定他們想要的學生們，校長可以加入討論但是不加入評分。一旦學生產生後立刻組成學生自治會和家長委員會，之後我們便進行這場以學生爲主體的實驗教育，除了老師們已經準備好的基礎課程之外，學生們可以提出他們未來想要學習的方式和課程，校長的工作便是協助讓這場實驗教育順利進行。我雖然不參與評分，但是我決定三天全程參與口試過程，我想親自見到每一個參加口試的學生，我知道從他們的身上可以洞悉臺灣現階段整體中學教育的現況。

從報名人數超過預期和報名者的多樣性，可以判斷外界是如何看待這所非常與眾不同的「學校」了。對本來就在體制外接受實驗教育的自學生而言，TMS的出現立刻解決了他們在學習上難以爲繼的困境。對應屆畢業考完會考的國中生而言，有些學生把TMS放在高職的影視、戲劇、表演科來評量，也有不少原來是考慮讀普通高中的，會考分數也可以進不錯的高中，但是對於讀三年普通高中後再升大學產生了懷疑，他們想要挑戰十五歲之後直接學習影視音的操作技術，再考慮人生的下一步。除了應屆畢業生之外，人數最多的是正在就學或休學的高中生，他們極不適應天天考試日日補習的高中生活，覺得浪費青春生命。更令人驚訝的是，竟然有大學生和已經在職場工作的中年人也在口試的名單上。

三天密集的口試期間，我都只是靜靜的坐在窗口傾聽著面試者的自述或是應答。我只能看到他們側面，彷彿還有一半是我看不到的內心。我的筆記本上沒有對他們的評量，只有像是小說家對於故事中人物的描述，我過去的人生教會我的一件事便是不要輕易論斷一個人，學習在傾聽時進入對方的內心。瑞典老師Petrus很好奇我寫了什麼，他看著我筆記本上龍飛鳳舞的字問我說：「你寫的是日文嗎？」我說不是，是中文。我沒有說出口的是，那些字反映了我澎湃的內心。

2 不敢夢想的九年級生

今年國中畢業生正好是我們所謂的九年級生，民國九十年出生的孩子，十五歲。他們完全不同於半個世紀前十五歲的少男少女們，那時候小學畢業之後就進入職場當學徒的孩子大有人在，幸運考上初中的孩子每天苦讀聯考科目，不考的科目如音樂、美術、體育，全都省下來補習英數理，可惜了那些來自師大音樂系、美術系、體育系的優秀師資，那眞是一個普遍缺乏藝術品味和美學、不重視運動的嬰兒潮世代。

半個世紀之後的十五歲孩子真的不一樣了，每個來參加口試的學生幾乎都學習過不同樂器，有的還不只一種，甚至已經會作曲或是組樂團。他們對繪畫也都充滿熱情，除了受過訓練外也都有自己的作品。他們之中喜歡舞蹈、游泳、滑雪、滑板、球類的也大有人在，還有那種喜歡在極限運動中學習極限攝影的孩子。和我們這一代比起來應該算是很幸福了吧？可是爲什麼當我看到他們遞交出來許多鑑定或是營隊證書時，我竟有泫然欲泣的衝動？因爲我看到的是他們一點也不快樂，連最起碼的信心都沒有，甚至已經失去了對未來的憧憬。

他們是提早焦慮不敢夢想的一代。在口試過程中，口試者和應試者彼此常常陷入一種充滿壓抑、無奈的沉默，甚至看到孩子們眼眶內打轉的淚水，我也假裝看著窗外。窗外的枯藤和細雨正是我當下心情的寫照。所有的問題都指向：（一）孩子們在學習上選擇太少，連一般技職教育也在拚升學，而他們提早察覺到未來的不確定性。（二）許多父母親已經跟不上驟變的價值觀，仍然主導著孩子的判斷，他們很無奈的成爲體制共犯結構的一部分。

3 留下空間給學生做設計和決定

在口試的休息時間，志鳴帶領我去看正在趕工的幾間教室和辦公室。當初會想到在寶藏巖國際藝術村興建教室，對很多習慣傳統學校概念的人而言簡直不可思議，包括我在內。我並沒有參與去年開始的辦學計畫，甚至我在今年春天接下臺北市文化基金會的工作時，還不知道這個計畫的進度和內容。當我首次造訪位於政治大學後山的「祕密基地」時，已經是報名的學生要進行口試的前夕。

這個祕密基地的共同主持人是政治大學教育系的鄭同僚老師和籌備中心主任陳怡光，是在體制外的實驗教育耕耘很久的人，他們的孩子從來沒有進入過體制內的學校，他們也促成教育部針對實驗教育修法。從某個角度看來他們是在傳統教育體制內的革命分子，不只是提出理念和想法，而是早已身體力行了很久。三間辦公室中有一間堆滿了全新的桌椅和器材，是從一些過去中止的計畫裡轉移過來的。從祕密基地隔壁的研究室走出來一個大人物，是因爲課綱微調引爆學生抗爭的前教育部長吳思華，我們在昏暗的走廊寒暄幾句，有種說不來的諷刺，因爲我曾經去教育部前廣場聲援抗爭的高中生。不過，這一切如過眼雲煙，每個人都在某個特定的時空被推上舞臺，身不由己的扮演一個角色而已，只有離開舞臺才是眞實的自己。

我曾經試圖用一個局外人的角度去寶藏巖「尋找」未來的學校。我問當地的保全人員：「聽說，這裡將會有一所學校？在哪裡？」「那只是隨便說說的，哪能相信？柯P說的話能信嗎？」這正是柯P民調下滑的時候，我摸摸鼻子離開。第二次再去寶藏巖時，我找到了一個像是管理員的人，又問了同樣的問題，他指向遠方說：「你走上去有個機槍碉堡，就在碉堡下方。不過已經圍起來一般人不能下去。」第三次我乾脆循著設計圖上的地址，沿著階梯尋找，終於找到了兩處房舍，工程尙未啓動，陳舊的房間內外堆了一些舊家具，我拍了照片後充滿疑惑的離開。後來雨季來臨，工程也展開了，我卻沒有勇氣再去看那些舊房舍，直到口試的第一天，我看到整修過後的教室和其他空間。其中作爲教室群的主體結構的那棟樓房，正是當年打過八二三炮戰的白先生親自用一磚一瓦蓋起來的，除了有臥房、客廳、廚房外，還有一間放祖宗牌位的閣樓。後來張作驥導演就選擇了這間構造極有特色的樓房完成了他得獎無數的電影《醉．生夢死》。我穿梭在正在整修的樓房之間，忽然說：「既然目前閣樓尙未規畫，就留給學生們來決定吧。」志鳴笑著說：「我們也可以讓學生們參與明年要蓋的下一批教室。」

口試第二天，當我通過門口的警衛哨時，警衛問我是不是來陪考的家長，我忽然理直氣壯的回應他：「我是校長。」「啊，校長好。」警衛本能的叫了我。雖然是一個只有四十一個學生的校長，要我大聲說出那四個字其實是很困難的。那代表的是我內在的終於突破和終於接受：突破一些認知上的障礙，接受了這個勾起我們童年並不怎麼愉快記憶的環境。原來在我們的靈魂深處是何等的自卑，以至於不敢相信自己的未來正是要在這樣不可思議的場景中重建與眾不同。

當學校長期困住了年輕人

五十年之前的臺灣，是個缺乏美感的社會，除了日治時期留下來的歐式建築和日式房舍外，違章建築四處林立，穿插其中的是一個個軍營和防空壕，拼搭式的建築風格，像是一個「臨時搭建」的社會。由於戰後嬰兒潮，臺北曾經有一間國小容納了一萬人，分上、下午上課。大約有一半的小孩學歷只能停留在小學，少數能考上初中的小孩是非常幸運的。大約只有十分之一孩子可以讀大學，許多大學生選擇留學就像許多人想要拿綠卡辦移民，那才是他們未來的夢想。大部分失學的小孩唯一的升學管道只剩技職教育，他們可以半工半讀靠自己賺錢完成學業，所以那個年代的大部分孩子很早就進入社會工作，他們戲稱之為「社會大學」。由於社會百廢待舉，所以他們也很容易在臺灣找到機會建立家業。

二十五年之前的臺灣，不再像是一個「臨時搭建」的社會了。軍事戒嚴令解除後，「民主自由」成了臺灣人共同的價值，國民黨不再能完全掌握政權，反對勢力逐漸壯大。快速經濟發展使得臺灣錢淹腳目，人民陶醉在富裕的生活中，各項新的建設反映了臺灣不再扮演反共復國的基地，更像是後代子孫可以安身立命的家園。新強人李登輝以「本土化」重新凝聚臺灣人新的文化認同，教育政策雖然早已經有九年國教的推出，但是以考試和升學爲主的教育目標也被民間人士強烈質疑，於是「教育改革」成爲民間另一種共識。在體制外辦學校成爲和體制內教育對抗的方式，並且用「軍營」和「監獄」來形容體制內僵化的學校。森林小學、種子學院、全人中學陸續成立，反映了對體制內傳統教育的不滿。

二十五年後的今天，臺灣已經來到第三次政黨輪替，曾經一黨獨大的國民黨再度失去政權，又被迫扮演抗爭的在野勢力。教育改革的廣設大學的政策已經被執行過了頭，人人都可以透過學貸和超低門檻上大學，連帶也全面摧毀了技職教育。我們的年輕學子仍然被粗暴的區分「會讀書」和「不會讀書」兩種，但天天考試天天補習卻是一樣的，各式各樣的補習班不減反而爆增。不管讀的是普通高中或高職，結果沒有兩樣，不是進入一般大學就是科技大學，授課內容大同小異。爲了求生存，大學降低讀碩博士的門檻想要繼續留住學生。如果學校眞的像是監獄，除了囚禁孩子，其實也給不了什麼，那麼學生只不過是刑期被延長的犯人，當他們走到社會像是進到另外一個陌生的世界，「關」越久越不適應。於是教改人士再度向政府爭取以「機構」方式辦體制外的實驗教育，企圖改變這樣的無奈狀態。

臺北市政府率先以臺北市文化基金會的名義，向教育局申請了位於寶藏巖的臺灣第一所技術型實驗教育機構，已經順利完成正式招生。放榜後所有報名的學生都收到這樣一封信：

親愛的同學，謝謝你勇敢參加了這次TMS的招生口試，相信這次的口試會是你們未來人生的記憶中很難抹滅的經驗。因爲我們不看會考成績也不想知道你的學業成績，我們用有別於傳統的評鑑方式挑選「比較適合」參加我們這場「教育實驗」的夥伴們，如果不是限於法令和有限資源，基於教育的理想，我們理應全額錄取，正好一百名。可惜我們只有四十一個名額。

我們誠摯的希望你不要把這次的結果用「成功」和「失敗」來簡單解釋，人生其實沒有什麼眞正的成功和失敗，最好的人生就是能找到「適合」自己的生活方式，認眞而適切的活下去，而教育的目的也只是協助每個人去尋找自己適合的人生。你們願意放棄大家習以爲常、理所當然的，甚至比較安全舒適的學校教育，反而勇敢選擇來報考對大眾而言是完全陌生的TMS，不但大大鼓舞了我們，也直接鼓勵了中央及地方政府更加重視實驗教育及對文化人才的培養，他們紛紛表示要提出更具體積極的政策。如果從這樣的角度出發，你們每個勇敢參加甄試的人，都是教育改革的推動者之一。所以我們才要發自內心的謝謝你。

臺北市有非常多適合當學校的地方，甚至有不少閒置的校舍，爲什麼要選擇看起來一點也不像學校的寶藏巖？因爲寶藏巖是臺北極少數具有豐富價值的歷史聚落，它的外觀正是五十年前臺灣的樣貌，有自力建造的房舍、碉堡、防空壕，被政府改造成了和居民共生的國際藝術村，如果增加了學校之後，學生可以和藝術家、居民互動，正符合實驗教育的精神。在寶藏巖我們可以看到活生生的臺灣歷史，我們選擇站在這裡，誠實而勇敢的面對過去發生過的一切，重新出發尋找教育的初衷。

我唯一的反抗，就是犧牲自己的受教權

高壯的數學老師走進了教室，最前排最右邊的班長座位是空的，所以是由副班長代替班長喊了有氣無力的「起立、敬禮、坐下」，同學們心不甘情不願的齊聲喊「老師好」，就像秋天捲起滿地落葉的風，落葉終究會落下，然後一切靜悄悄。行禮如儀，有多少眞心只有天知道，這便是我們一路成長的教育現場，也是我對體制內教育產生懷疑的開始。

從數學老師的嘴形和手勢可以清楚猜到他又在詢問：「班長呢？他怎麼又不來上課？他缺席幾次了？」「報告老師，他請公假。」副班長站起來走上前遞上我已經塡好的導師批准的公假單，理由是做壁報。沒有錯，那個位於教室最前排最右邊的班長座位正是我的，我此時此刻正躲在教室後面的花圃旁偷偷窺視著這一切。我是全班投票選出來的班長，在求學過程幾乎都是這樣的結果，不知道是我愛出風頭，或是眞有點領袖魅力？但是根據爸爸的說法很殘酷而現實：「升學競爭如此激烈，大家忙著讀書、補習，只有大傻瓜才會被大家推選爲班長。」

是的，大家都在補習，我是班上少數沒有錢去補習的學生，爸爸的這番話深深刺痛了我。他更不知道的是，十四歲的我正在和數學老師進行一場必敗的抗爭，一切也都起因於我沒有在下課後去老師家補習。不補習這樣的事情我起初並不以爲意，我們家的孩子都清楚自己的宿命：別人有的我們不一定有，別人做不到的我們一定要做到，所以讀小學時我們家的孩子幾乎都拿過全校第一名，也一定是市長獎畢業。上了初中（要聯考）或是國中，沒有補習成績也都不錯，個個都靠拿清寒獎學金繼續求學。但是這個數學老師爲了讓家長有感覺到補習的效果，常常在考試前一晚把相同的考試題目給參加補習的同學先寫一遍，批改一遍。每次考數學只見四周同學埋頭苦寫，動作飛快的刷刷刷，只有我急得滿頭大汗，覺得幾何證明題好難，一定要先畫出補助線，然後再循序漸進的往下證明等角或是等邊。我越急越想不出來，考試卷都被汗水浸濕擦破洞，覺得自己是天下最笨的人。

沒有等下課時間到，同學們紛紛起身交卷，在門口走廊快樂嘻笑著，頻頻大聲說：「太簡單了，昨天都寫過一遍。」數學老師會走到外面，笑著對外面走廊同學噓一聲，彷彿他們才是眞正的師生，擁有著美好的情誼和祕密，而我們這些只繳得起學費卻繳不起各種補習費的同學是次等學生。我內心油然升起了不平的情緒，覺得這件事不公不義，甚至是變相的逼迫大家都要去老師家補習，於是我更無法專心解題了。眞正的屈辱在發考卷的那一刻，我已經忘記老師有沒有用藤條打不及格的同學，但是我卻永遠不會忘記他把我考不及格的考試卷丟在地上的畫面，那張考卷因爲我的緊張已經弄破了洞，再加上老師用紅色筆用力畫著大叉而畫破，攤在地上像是我被踐踏、被揉碎的靈魂。我忍著萬分羞愧的心很艱難的從班長的座位起身，蹲下去撿回不及格的考卷（或許就是從那一刻起，我很能用同理心去面對考不及格這件事情）。我很不服氣的看了臺上的老師一眼，他哼了一聲說：「你還好意思當班長呢？」

就是這句話成了我的最後底線，在威權時代下，我唯一的反抗是犧牲我的受教權，只要逢數學課就塡公假單，偏偏我的公假理由眞不少，爲了要代表學校參加校際的作文、演講、辯論比賽必須勤奮練習，甚至帶領別班同學做全校壁報、綠化校園等也是我的責任，我是全萬華初中最忙的學生，所以我後來以全校最高票當選全校模範生，照片掛在國父遺像旁邊。但是我心底的痛苦和恐懼只有自己最清楚，所有的忙碌都是因爲不願意再多上一堂數學課。然而，我卻常常躲在教室後面偷偷聽數學老師上課，因爲連課都不上，數學成績只有一落千丈、萬劫不復了。從那時候起，我對數學完全失去了信心，至今，仍然會做著面對數學考試卷一直用橡皮擦掉自己寫錯的算式的夢境。

我非常感謝大學時代教微積分的老師，他讓我重新喜歡上數學，也終於對於數學有點信心。我的大學終於沒有「補習」了，有一次我的微積分考了全班最高分，我簡直不敢置信的看著分數一直發抖。最近和大同大學的何校長同臺談臺灣的教育，他曾經是一個在班上考四十六名的吊車尾學生，如今成為以理工見長的大學校長，他批判臺灣的數學教育是將「數學」當「歷史」來讀，鼓勵學生用死背的拿高分，不是用真正理解的方式來教，所以只能用補習來反覆練習、背誦解題技巧而已，到頭來沒有真正使學生學會數學。他的這番話讓常常做數學考試噩夢的我釋懷不少。

第八名的清寒獎學金

我成長的時代連九年國民教育都尚未啟動，小學畢業能考上公立初中，考上公立初中能繳得起新臺幣五百元的學費的小孩是社會中的極少數。所以我們從小就被父母強力灌輸一個觀念：我們是窮人家，如果拿不到成績優良的清寒獎學金，我們家的小孩是讀不起學費昂貴的初中的。就連新的教科書我們都買不起，一定要去牯嶺街的舊書攤去買比較便宜的舊書，能省一元就省一元。

由於我們兄弟姊妹的讀書學區是在南萬華，那是全臺北市社經條件相對低弱的地方，同班同學幾乎有一半受限於家庭經濟因素，不但不能繼續升學，而且要提早進入社會工作貼補家用。所以大家都很窮對我們而言似乎是個常態，只不過在父母常常提醒下我們竟然產生了一種奇異的自卑情結和自責情緒，只要有任何物資欲望都是不應該的，只要考試沒有前三名都有很深的罪惡感。好在我們就讀的小學競爭力相對很弱，升學率也很低，所以考全班第一是應該的，就是考了全校第一，爸爸仍然會毒舌的諷刺一句：「爛學校的全校第一名有什麼好神氣的？」後來我和朋友提到這所小學剛開始老師怕同學聽不懂她說的話，是用閩南語教學，朋友都笑說：「啊，你讀的才是貴族學校，因爲是雙語小學。」就像我讀的幼稚園是天主教辦的教會學校，我曾經很天眞的問媽媽說：「我們那麼窮，怎樣讀得起教會幼稚園？」媽媽回答更簡單：「因爲是免費的，專門收留窮人家的小孩。」（如果當時的父母夠幽默，應該告訴我們說，我們家並不窮，你們可以上高級的教會幼稚園和貴族的雙語小學，我們也許就不會那麼自卑了。）

不過眞正自卑情結和罪惡感的建立是考上第一志願的初中之後，因爲那才是全臺北市最會讀書的小孩激烈競爭的開始。當時初中有三所學校是第一志願：大同、萬華和成淵，聯考分數只差一分，一般學生會就離自己住家較近的來塡。能考上第一志願初中的學生，他們的家庭的社經地位相對提高許多，之後能考上前三志願高中的同學占大多數。考上了初中之後才發現許多同學都在老師家補習，有補習的同學常常在老師家已經事前先寫過一遍第二天要考試的題目，這樣家長才會覺得在老師家補習是有用的。我讀的是舊書攤買的舊版本教科書，內容會有些不同，加上繳不起補習費，我再天才也沒有辦法考前三名了。第一學期結束，我總成績排名全班第八名，我想我已經失去拿獎學金的資格了，我充滿了罪惡感的把成績單拿回家，爸爸哀聲嘆氣怪我不夠用功太貪玩，我說別人都有補習，我沒有。爸爸忽然說了一句非常經典的毒舌句子：「有一種母雞最有用，吃的是沙子，生出來的卻是金雞蛋。我的孩子就是這種最有用的母雞。不必花錢補習，仍然可以考第一名。」

老天憐憫我不是那種最有用的母雞，我們班上的前七名都因爲拿不出「清寒證明書」而無法得到一班只有一個名額的「清寒獎學金」，那筆爲數不少的獎學金仍然落在我的手上。班上考第一名的同學很不服氣的酸我說：「你家清寒呀？看不出來呀？你爸是公務員，怎麼會窮？」我爲了面子就故意輕鬆的回答說：「如果你有辦法，也去弄一張清寒證明書來呀。」其實我耳朵發燙，覺得尊嚴掃地。但是我也終於鬆了一口氣，回家把這筆錢交給爸爸，他又深深的嘆息說：「求人不如求己，這樣拿到獎學金並不光榮，是別人不要的才輪到你。如果你能直接，很爭氣的，很有骨氣的，堂堂正正的打敗別人，不必靠別人禮讓，那才是眞正的勝利。」爸爸的每句話都像是格言一樣精準，可是人生卻是由許多無奈和遺憾所組成，從來不只是一句格言可以解釋。我們班上全是讀書高手，個個聰明又用功，加上不停的補習，我完全追不上。

能夠在這樣的班級考第八名已經是我盡最大努力的結果，卻在同學和家人都不認同和鼓勵的情況下，成了一種詛咒，從此我再也沒有突破這個名次，只有越來越退步。無法在學業成績證明自己的傑出，自卑的我漸漸轉移自己的表現在其他方面，我爭取代表學校參加校際的各種競賽，包括作文、演講和辯論比賽，我的作文比賽得過全國第一名。我也一直當班長，領導全班得到各項團體競賽的第一名。我成了校園風雲人物，全校模範生用投票來決定，我得到最高票。但是高中聯考的失利，從此人生好像是一落千丈的小石頭，落在山谷底下永難翻身。我越來越不接納自己，也越討厭自己，身心非常不平衡。我完全對自己失去了信心，從內在心靈到外表容貌，我不愛自己更不知道該如何愛別人。我只能藉由無止境的討好別人，從得到別人的肯定和讚美來填滿內心的那個無底洞。再多的勝利和成功都填不滿那個內心的黑洞。那個質量驚人的黑洞就如同宇宙的黑洞，磁力強大到把所有大大小小的快樂和幸福都吸收。

「窮」其實和擁有多少金錢無關，而是一種根深柢固的心理狀態，是一種恐懼和不安，是一種匱乏和自卑，是擁有再多的名利和成功都無法扭轉的狀態。我花了很多的時間和力氣面對內心的黑洞，重新體驗生活和工作中大大小小的快樂和幸福。

半個世紀之後，我才確定你愛我

每年我們少數幾個初中同學固定聚會時，不管談論國家大事、社會發展或是健康養生，最後總是會再聊一下對我們影響深遠的初中導師金遠勝，他陪伴著我們這些十三歲的少年走到十五歲，把全班大部分的學生送進了臺北市前三志願的高中，建中就有十多人。

「我眞的是非常感謝他當年一直逼我們用功讀書，使得我後來的人生一直很順利。」擁有臺北市和新北市一半車輛的交通運輸大亨博仔非常感恩的說：「我知道他家地址，因爲我逢年過節一定要送禮到他家。我打從心底謝謝他。」另外一位在全世界經營高科技產業，營業額已近兆的老杜更是重複說著十三歲時的記憶：「其實我的這套管理哲學是從小跟金老師學的。當時他剛從軍中退伍、從師大畢業，還沒有結婚，租一間小房子在學校附近，每天早上起床就大聲朗讀英文，然後就來教室看我們早自習，不然就在早自習加強英文或考試。但是我最感謝的是他的生活教育。他教會我們如何掃地、如何擦窗戶、如何收拾垃圾，連垃圾桶擺放的位置都很嚴格。」「他還帶領我們去南機場挖草皮，回來種在教室外面。結果我們每次花圃比賽都是全校第一名！」博仔笑了起來，小杜接著說：「這件事影響我很深。因爲他教會我們如何種植物，如何澆水，如何在花圃四周挖排水溝。你還記得嗎？」「記得呀，當時我是班長，是我帶領大家去南機場挖草皮的。」我淡淡的回答，心情卻是波濤起伏的。

由於教學成績表現優秀，我們畢業後一年，金老師也把自己送進了臺北建國中學，一代又一代臺灣最會讀書的高中生從這所高中畢業，而金老師也在這所高中退休，他教過的優秀學生不計其數，一批批成爲社會的中堅分子或是菁英領袖。我不確定他對於我們這批他從師大畢業後最早教到的學生是否還有印象？多年以後，小杜在他公司的股東名單中發現了他的名字，於是連絡我，約了幾位同學，我們師生終於奇蹟般的在近半個世紀之後重逢了。「李遠，我記得你當年聯考好像考壞了，沒有考上建中。你只考上師大附中。」這是金老師在半個世紀之後和我相逢時的第一句話，正好精準的刺中了我的心臟，好痛好痛。我裝作若無其事的說：「不是啦，我考的是第六志願，成功高中夜間部。」「咦？怎麼可能。我怎麼記得你沒有上建中，好可惜。」他忘記了，他眞的忘記了，他眞的完全忘記了這一切關於我成長中最重要的一次大挫敗，因爲我的人生從此進入自卑又自責的三年黑暗青春時光。

那次聯考後我把自己藏起來，不願意再見到任何老師和同學。忍不住想起當年放榜後，爸爸咬牙切齒，跪地痛哭，對著我說的那段極殘酷無情的一段話：「早就警告過你，金老師堅持要你當班長，帶領全班什麼都拿第一名，其實是在利用你，因爲你就像你媽一樣，是這個世界上少有的大傻瓜！結果是，大家都開心上建中，至少師大附中，最差的也有成功高中。你呢？成功高中。夜間部。孩子，你永遠都要記得，世界上最愛你的只有爸爸。你不是金老師的孩子，他不會愛你，他只會利用你。」

我相信爸爸的話不再和金老師聯繫，他曾經要同學告訴我，要我去找他，我沒有答應，一直到半個世紀之後。可是我卻無法忘記我們師生之間的一個天大的祕密，那個祕密曾經使我深深相信金老師才是最疼愛我的人，甚至超過了我的爸爸。其實這也不算是什麼祕密，至少當時的風紀股長小亨利就知道，他知道每天放學時交給金老師的「黑名單」中只要有我的名字，金老師就會找些藉口說：「今天時間不夠了，我要給大家加強英文，就放過你們一次吧。」所謂的黑名單，其實就是在上課時說話的同學。爲了要維持全年級秩序比賽第一名，金老師授權給風紀股長小亨利用黑名單的方式來管理，金老師就會用棍子痛打黑名單上的同學，全班同學無一倖免，除了少數非常乖巧的同學，還有天天都故意在上課時說話的我，我是班長。他用棍子打人是非常用力的，有時還咬牙切齒喃喃自語，彷彿恨鐵不成鋼。有一次，終於踢到了鐵板。有個同學在挨了幾棍後，轉身搶走他的棍子用膝蓋折斷，立刻逃離教室，我心中暗暗叫好。後來全班抵制小亨利，他就要全班罰站，並且告訴大家小亨利在家如何孝順父母如何照顧弟妹的故事，懇求大家要和小亨利做朋友。所以我逢年過節就邀請小亨利來家裡玩。

如果要從心理學的觀點分析年少時的我爲什麼會做出如此任性、欠揍的行爲，此時此刻的我已經完全明白了，這是非常矛盾的心理，一方面想要試煉老師疼愛我的底線，另一方面要討好同學，扮演英雄，和老師對抗。如果挨了棍子，表示我是站在同學這邊一起受苦，如果老師因爲我而放過了黑名單上的同學，我便順勢成爲英雄。最後老師忍無可忍，遞給我一張條子，上面是憤怒的一句話：「你爲什麼要逼我打你？」一直到畢業，他都沒有打過我。其實這樣完全矛盾的心理一直跟著我長大、工作，有許多朋友都不明白爲什麼有時候我像個乖乖聽話討好別人的模範生，有時又叛逆得像是身上綁了炸彈的恐怖分子。

我在一年一次和初中同學聚會時始終有種錯覺：活在社會金字塔頂端的博仔和小杜唇上越來越白的八字鬍其實是道具，臉上不多的皺紋也是化妝師替他們畫的，彷彿我們還是剛剛從小學畢業升上初中的十三歲少年。其實我很早很早就知道老師不願意打我的原因了。因爲他在教我們的三年中曾經生了一場大病，請假在家休養。我是班長，我承諾老師會帶領全班繼續維持每項比賽的冠軍，不靠風紀股長的黑名單和老師嚴厲的棍子。我做到了。老師把我叫到導師的辦公室，開口便說：「謝謝你。你維持了我們班得到的所有榮譽，這是老師最在乎的事情。榮譽比什麼都重要。老師發現你是一個奇才，你有三種特殊能力，你擅長溝通、表達和領導。相信老師的判斷，這三種能力會幫助你未來的人生，比你考試成績好壞都重要。」在爸爸的冷嘲熱諷下，我也一直覺得老師這些讚美只是爲了要感謝我在他生病時所扛起來的責任，我一直懷疑他對我的疼愛和欣賞並非出於眞心。

半個世紀過去了，老師見到我時始終掛著笑容，有一種難以言喻的慈愛。回顧我曾經做過的工作，不管是創作或是行政管理，我發現眞正能用上的不是知識，而是老師在我少年時代就告訴我的三種能力。我看著比我老的老師，很想勇敢的告訴他：「老師，半個世紀過去了，我才確定你愛我。」在後來許多對青少年演講的場合，我總是忍不住再說一遍這個故事。雖然我並不贊成他的體罰，但是我在他身上看到他對自我的要求、對於榮譽的追求和對學生們的熱情、眞誠。

我希望能讓這個剛剛從大學畢業的菜鳥老師和他教到的幾個少年之間，長達半個世紀的情誼成爲一則不朽的故事。

特權階級和黑五類

事隔那麼久，許多人和許多事都因爲時間夠長夠久而有了答案，但是對於自己高中聯考失利，讀了三年成功高中夜間部的所見所聞，至今仍然無法完全消化，並且無法心平氣和的敍述那些曾經發生在我身上的傳奇故事。

例如許多年前我接到一通來自成功高中行政單位的詢問電話，先是恭喜我得到母校即將頒發給我的傑出校友獎，她想了解我是哪一年畢業的？因爲怎麼找都找不到我的名字。「哦，我是夜間部的。」我的口吻已經不再那麼自卑了。「天哪！你是夜間部？那你怎麼那麼厲害？」她好像是在讚美，可是聽起來有點歧視。「是啊。我上了高中的第一次段考就是全日、夜間部第一名。我只是不愛讀書。」我的口氣很酸。之後我收到了一張表格要我塡寫相關資料，其中有一項是請我對全校師生做一場演講，用自身的經驗鼓勵在校學弟們。我在這一欄寫下「同意，但是我會批判我的高中教育。」結果可想而知，我在一個月後收到學校寄來的一個圓形如盤子的獎牌，至於

「演講」當然是「謝謝再聯絡」了。之後我把獎牌墊在桂花盆栽底下。時間有時候會沖淡憤怒和憂傷，甚至完成了人與人的和解，可是，時間更可以使我們看到許多的眞相。

高中入學不久，班上來了一個新同學，用現在的流行語是很有型。他長得非常英俊，一頭沒有被「侵犯」過的捲髮和一臉的桀驁不馴，酷似我們那年代的超級巨星貓王普利斯萊。他和我們被嚴格規定一律只能留三分平頭的同學們很不一樣的地方，不只是那頭漂亮的捲髮，還有那套經過裁縫師精心剪裁合身的黃卡其高中制服。那套太有型的制服穿在他身上就像是某個男藝人故意要回到青春時代，唱首那時代的歌曲的刻意裝扮，不是眞的學生制服。他在眾目睽睽之下被導師引導坐在我的後面，夜間部的主任白猴同時出現在教室門口，目送新同學坐在我後面之後才安心的離開，並且向導師使了一個眼色。

一切太不尋常了，看白猴主任那麼低聲下氣小心翼翼的模樣，相較於他平時只要看到哪個學生不順眼，衝過來便是一個耳光的凶狠勁，反差太大了。新同學被安排坐在我的後面，不久之後我們成爲一起集郵和搜集錢幣的麻吉，之後他帶我到他家玩，我在他家見過蔣經國，他親切的向我們打招呼。當年近視已經很深卻沒有錢配眼鏡的我，其實沒有看清楚蔣經國的臉，他打完招呼離開後新同學笑著問我說：「你知道他是誰嗎？他是蔣經國，每個星期都會來和我爸爸吃早餐。」你知道蔣經國是誰嗎？也許你只知道他曾經是威權時代大權在握的總統，其他細節在歷史課本上可以讀到。當年的我對臺灣的政治知道有限，整個時代對我而言，就像我沒有戴上眼鏡所看到的世界，一片模糊。

後來終於知道新同學的爸爸是和蔣經國在俄羅斯一起留學的麻吉，許多人想接近權力核心或是混個一官半職的，都想盡辦法要認識新同學的爸爸。新同學的家裡堆滿了藝術家贈送給他爸爸的作品。新同學如果要和我一起看電影，通常是搭私家轎車直接到戲院門口，有人守候在門口帶領我們進去看電影。新同學的爸爸在校刊上讀到我寫的文章之後，帶我到他的書房指著書架上的整排書說：「這些書別人看了就會被抓，但是在我家看是安全的，你可以隨便看。」我看著書架上的書，都是非常陌生的作家，像是魯迅、巴金、茅盾、老舍、沈從文、蕭紅。

我在他們家讀到魯迅的《狂人日記》《阿Q正傳》和沈從文的《長河》，回家告訴爸爸，爸爸聽了非常不安，他提醒我別太靠近這家人：「我們是尋常老百姓，安安分分的奉公守法，沒有靠山可以靠。蔣經國的朋友我們可高攀不上。搞不好他是在試探你。別忘了，我們家可是有人被槍斃的黑五類，我們別去惹這些人，我們惹不起。」長大之後才知道爸爸在公家機關一輩子都無法升遷，大舅有好長一段時間被限制出境，都是因爲我們家是有「案底」的。一年後我選擇了理組，新同學挑選了文組。但是他的郵票仍然留在我這裡，我的錢幣也留在他那兒。青春的友誼不因爲他來自特權階級我來自黑五類家庭而有所改變。

許多年後我在報紙上讀到新同學的爸爸過世的新聞，公祭那天我特別跑去現場想鞠個躬，謝謝他那一年給予我的招待和借我看的書，正是那些禁書悄悄開啓了我對所處的時代的懷疑和不滿。公祭現場冠蓋雲集軍警戒備森嚴，我完全無法靠近。我只能望著天空對他說，無論如何，王伯伯，雖然我們漸行漸遠，十六歲那一年承蒙您的特別關愛。

痛毆和疼愛，他們都是我的國文老師

我讀高中二年級時，有一段被國文老師兼導師劉道荃痛毆的經驗，那種拳擊比賽式的打法相當恐怖。透過一次又一次的書寫這個故事，每寫一次就把老師體重增加十公斤，從八十公斤增加到一百公斤，青春時的疼痛感覺也許在情緒的宣洩後比較淡了，但是歲月卻像一條湍急的河流不停的沖刷石頭一樣，那件發生在青春期的故事，在我初老時又有了全新的觀點。

回憶當年在教室座位上挨打的那一瞬間，我問自己內心最深刻的痛苦是什麼？現在我終於找到了答案：是所有同班同學都沉默的低下頭，沒有人敢吭聲，也沒有人為我說句公道話。只有坐在後排的阿雄，在老師說要開除我然後離開教室之後，他從後排走到我身邊，拍拍我的肩膀，我看了他一眼，我的眼中沒有淚水卻有熊熊怒火。我看到阿雄眼睛裡有一種不捨和同情。後來阿雄在週記上替我解釋，認為我在小楷簿上抄法國小說《紅蘿蔔鬚》純粹只是順手拿來就抄，並沒有藉此諷刺老師的惡意。劉老師不領情，反而在阿雄的週記上威脅阿雄，要用同樣方式對付他。

我的最新觀點便是「集體沉默」其實是另一種「集體霸凌」，這樣的現象從我們成長時的威權時代到解嚴之後的好長一段時間，校園的文化始終沒有改變，甚至有更壞的狀態。在我的兒女讀國中時代，有一所國中曾經發生過一個老師長期凌虐一個學生的事件，學生家長向學校抗議，學校當局和家長們鼓勵其他學生做僞證，並且用張貼海報、獻花來製造他們愛戴老師的假象。私底下有同學想說出眞相時都被家長說服制止。我總是會想起楊德昌導演的《牯嶺街少年殺人事件》，他花了很長的篇幅鋪陳我們成長時代所擁有的獨特的苦悶、窒息和不公不義，導致最後高中生小四在發現他的小情人為了家庭生存，移情別戀特權分子的兒子時，他忍無可忍的殺了她，口中大喊：「你沒有出息！」電影看到這一段時，我渾身發抖淚水流不停。我終於明白當年被毆打的事件其實正是整個時代的縮影，戒嚴時代的學校像軍隊，也像監獄，集體的強控制，每個角落都會有不可告人的黑暗面。

說來很諷刺，我的「救贖」也來自一個國文老師，她是萬華初中朱永成老師，我後來抄在小楷簿上的小說正是她送給我的法國小說之一。她欣賞我的作文，更欣賞我的領導能力，她期許我不只是一個作家，而是像臺大校長傅斯年那樣能夠帶領時代風潮、引領風騷的領袖人物。我高中聯考失利，同班同學幾乎全上了建中、師大附中和成功高中，只有我意外落到了成功高中夜間部，遇到了一些像劉道荃那樣的老師，我變得非常憤世嫉俗，甚至人格扭曲。是朱永成老師救了我，她不停的寫長長的信給我。她幾乎是用哭求的方式鼓勵我說：「不要放棄自己，你是我所有教過的學生中最優秀的一位。你不要辜負了老天給你的天分。你活著是要貢獻社會的，相信老師的眼光。」我一直不相信她的話，大學讀了生物系，大三那年我開始陸續發表作品，眞的成了作家。我雖然用了筆名，已經去了美國的朱老師卻從文字中判斷應該就是我。

對於不公不義的事情集體保持沉默，甚至集體掩飾不公不義，對一個孩子的傷害遠大於暴力本身，如果不是因爲我在成長中也不斷遇到愛我、欣賞我、鼓勵我的老師和阿雄這樣的朋友，我應該是個內心充滿了恨意、人格扭曲、具有反社會人格的人。現在的我，對於當時的社會有了更深刻的了解，所以會想用自己一生的時間和力量，來從事改造社會及提升社會良知的工作。這樣急迫的心情，都是因爲高二挨了老師那頓痛毆之後同學們的集體沉默。

如果讀法律去賣房子，讀醫科去拉保險

有一天和一些不同行業的朋友們聊到現在的大學生普遍害怕畢業，因爲他們對畢業後的人生沒有想像，更談不上嚮往。

爲了要解決這樣的問題，大學教育越來越商品化，不但把科系的名稱盡量改成實用的、應用的、功能性的，希望能招攬更多的學生。其實改名稱只是掛羊頭賣狗肉，有時候找不到專業的師資，更可能賣雞肉和老鼠肉。這樣短視近利的結果，反而使大學生應該擁有的基礎知識消失了。學生並沒有因此在就學期間，學到未來就業時所需要的專業能力。這是針對學校教育本身來檢視，另外一個更難解決的問題是整體社會對專業人才需求的失衡，在整個不景氣的大環境之下，有些工作粥少僧多，有些工作找不到適合的人才。

這時候有個律師朋友說，讀法律的學生應該調整思維，不一定只能當律師或法官，應該用自己所擁有的法律知識去提升某個行業的水平，例如去從事房仲業，去當第一線的業務員，也許會成爲超級房仲業務員。他們可以用豐富的法律知識協助購屋者。一個醫生朋友立刻接著說，那麼學醫的人也不一定要去當醫生，現在醫生工作辛苦風險又高，收入也不怎麼樣。倒是可以用自己的醫學知識提供買保險的人從自己的身體狀況去買到最適合自己的保險，也許可以成爲超級保險業務員。這時候有個文化界大老笑著說，當年在中央電影公司的製片企畫部規畫公司拍片計畫的兩個菜鳥，一個是讀生物的，一個是學會計的，不也是一做八、九年？大家都笑了，因爲他們都知道指的是我和吳念眞。

我們常常說要去找到自己的興趣所在，如果工作和興趣結合是最完美而理想的人生。可是我的經驗告訴我，興趣是可以透過學習慢慢培養出來的。當初我的志願塡了師大生物系是因爲對生命充滿了探索的熱情，進了大學之後也認眞上課認眞做每一堂科學實驗。生物系的課程屬於基礎科學，物理、化學、心理、微積分都要讀，所以如果要再讀研究所，反而有非常多的選擇。大學同學們的素質和程度相當高，有一半以上的同學都是因爲讀不起醫科才選擇了公費的師大，所以對於當老師這樣的選擇並非是興趣，多少都有些無奈。同學之中有詩人、古典音樂迷、運動選手、數理天才，我反而適合當康樂股長，辦活動娛樂同學。同學的組合和互動才是大學四年能不能從毛毛蟲羽化成蝴蝶的關鍵，這是我在大學時代寫的小說〈蛹之生〉的理念。

我的大學生活非常豐富，天天穿著白色實驗服穿梭在不同科系的實驗室中埋首做實驗，享受每一次科學實驗所帶來的理性的滿足，生活中又受到同學在各方面的啓蒙，我們討論文學和音樂，存在主義的哲學書更是人手一本，我們有合唱團有籃球隊，畢業時出版班刊每個人都是作家。我從大一開始就當家教或是去打工增加家庭收入，最多時每週三個家教。我後來的工作都和創作、傳播媒體有關，這些表面上都和我大學的主修生物無關，事實上卻是因爲在大學那樣自由又多元的探索之後的結果。我得到的不只是生物學的知識，因爲那些淺薄的知識如果用在教學上很快就不夠了，我眞正學習到的是和不同人的互動和溝通，是找到了通往未來的自主學習的鑰匙。離開了學校走進了複雜的社會，所有的學習才眞正的開始，你的人際關係，你面臨困境的突破，你的每一個抉擇都引領你走向不同的未來。

大學之前的學習對我而言是懷疑、反抗和發現，上了大學之後才開始自我探索。在我的有限經驗中，探索有幾個方法：（一）跨領域的多元學習、（二）建立自己獨特的自主學習模式、（三）結交和自己不一樣的知心朋友、（四）提早進入社會打工、（五）打工時放下身段做最卑微和底層的工作、（六）認眞的談戀愛學習愛人和被愛、（七）如果有可能，離開自己熟悉的環境走遠一點，也許才能找到自己的方向、（八）加入一些關懷社會的社團，找到自己和社會的連結、（九）接近和藝術有關的活動，那是人類文明的精華、（十）如果你決定換科系甚至學校，勇敢去做，不要害怕錯誤、挫折和失敗，因爲這些才是探索過程的核心價值。

大學不像中學那樣的被動學習，也不必像研究所那樣的專精深入，大學是讓你有足夠的時間嘗試各種學習和生活，進而探索自我的過程，有了這些你才能充滿自信和能量來決定你的下一步，決定你想要一個怎麼樣的未來。

CHAPTER 2

在最不可能革命的地方革命

我和吳念眞都拿過金馬獎最佳編劇。
在中影八年所企畫的電影拿下五屆最佳影片，這紀錄無人能超越，
那是專屬我們的青春印記。

你說電影這行業很複雜，其實我覺得可以很簡單。當許多人忙著做假帳時，我已經把革命的理想——記在大學時代生物實驗的筆記本上，上面有我想要尋找的革命黨員。我發揮了自己最擅長的能力：寫作。我的任務是埋頭寫著一個又一個可以說服上級長官的企畫書，其中夾雜不少美麗的謊言，像《光陰的故事》《小畢的故事》《兒子的大玩偶》《海灘的一天》《恐怖分子》《童年往事》。我們用文字引爆一場革命，在最黑暗的地方開了革命的第一槍。

你說國民黨的中央電影公司是全臺灣最不可能發生電影革命的地方，因爲要通過重重監控、審查的難關，結果我們不但開了門也開了窗。當自由新鮮的空氣從窗户飄進來，當所有正直善良才華洋溢的年輕電影工作者從敞開的大門大步走進來時，原本在裡面的年輕人也得到了解放，於是一場像奇蹟般不可思議的電影革命就展開了。我和我的革命夥伴吳念眞每天埋頭寫著厚厚的電影劇本，百分之九十丢進了垃圾桶，百分之十很幸運的變成了電影。我們一直寫一直寫，我寫《我們都是這樣長大的》《恐怖分子》，他寫《戀戀風塵》《兒子的大玩偶》《海灘的一天》。我們兄弟倆常常坐在金馬獎的頒獎典禮上等待頒獎人宣布誰才是最佳編劇。離開中影的那一年，我上臺領了兩座金馬獎最佳編劇獎，其中一座是吳念眞的，當時他在香港寫劇本，那是他的第四座金馬獎，後來他又得了第五座，他輕鬆的贏了我的兩座。我們在中影一起工作的八年中，中影出品的電影拿下五屆最佳影片，這紀錄永遠不會被超越，那是我們的青春，我們的黃金歲月。

我們除了一直寫還是一直寫，那是我們創造新電影浪潮，改變自己也改變世界唯一的武器。沒有錯，我們是用一直寫一直寫的方式來進行革命。

我差點跪求老闆給我們一次機會

謹以這個老故事和所有在工作上遇到挫敗和徬徨的年輕朋友們分享。

你是不是經常覺得自己很有理想和熱忱卻常常被澆冷水？有些很棒的想法才提出來就被老闆打槍？你也常常萌生去意但是又不甘心，或是有不可言說的無奈？有的，我全部都有，就在我滿三十歲那年，人生一片漆黑絕望但是我沒有退路，只能背水一戰，和敵人拚個你死我活。我唯一的戰略是忍耐，忍耐，忍耐。不放棄、不妥協，等待一次可以大展身手的機會。眞的，一次就好。

在一個以年輕人爲主的聚餐接近尾聲時，大病初癒的吳念眞忽然聊到他三十歲和我共事的老故事。隔那麼久遠，爲什麼說起那些往事仍然咬牙切齒、悲憤塡膺？是因爲我們都成了閒坐說玄宗的白頭宮女？或是覺得曾經把美好青春浪擲在那些人那些事上很不值得？還是我們胸腔裡的那一把青春之火尚未燃燒殆盡？全場數十個年輕人全都鴉雀無聲。我默默看著曾經和我面對面坐在同一張辦公桌長達八年的老朋友想著，光陰無情但是公平，而且會告訴我們最後的答案。

當時還在讀輔仁大學會計系夜間部的吳念真，白天騎著摩托車去西門町中央電影公司當編審，但是所有提出的計畫都被打了回票。後來才知道中影公司的上級單位「文化工作會」以中影過去拍片超支、票房失利爲由，暫時停止中影所有拍片計畫，並且進行檢討和整頓。年輕的作家兼編劇吳念眞成爲當時決心放手一搏的軍人總經理明驥從民間網羅來的第一個「革命黨員」。一年後，明總找上了我加入「革命」的行列，我是他心目中的「愛國青年」，他很放心把最核心的企畫組交給了我。當時明老總最愛說的便是當年共產黨如何打敗腐敗的國民黨的故事：「一路逃竄（他們說是長征）的共產黨逃到延安已經沒有退路了，他們是怎麼樣勵精圖志奪得政權的？你們就要用這樣的決心才能殺出一條血路來。年輕人不要貪圖舒服享受，不要計較薪水和工作環境，也不要因爲一時的挫敗就洩氣。等到有一天革命成功了，天下就是你們的了，到時候要什麼有什麼！」

通常明老總很激動的說這些話時，都是在我們提出的拍片企畫案被上級單位一次又一次的退回，或是我向他抱怨辦公室太暗、空氣不好，或是在工作上的重重限制等問題。如果我想再抗辯什麼時，他就會重複他戎馬生涯中最悲壯的一幕：「當時許多國民黨的將軍都投降了，我知道他們是來勸我投降的。已經三天三夜沒有閉上眼睛，當時我的精神已瀕臨崩潰。我以必死決心把兩枝手槍都上了膛。要我投降是不可能的，那就一起死吧！結果他們知難而退。年輕人，我就是這樣活過來的，你們這些痛苦算什麼？你以爲我是那種輕易屈服的人嗎？你以爲我是隨便找年輕人加入戰鬥行列的嗎？我是眞的看中你們有理想和熱情，我在你們身上看到我自己，你們也是和我一樣不會輕易投降的人，不是嗎？年輕人？用一點智慧才能突圍！」

每當明老總說到熱淚盈眶時，我都乖乖回到位在西門町眞善美大樓六樓，像共產黨革命基地延安窯洞一般破舊陰暗的辦公室，和吳念眞面對面默默無言卻一籌莫展。個性火爆的吳念眞常常看到我面對上級單位的羞辱完全吞忍下來，他覺得該翻桌的時候就翻桌，大不了不幹。我和正在讀大學的吳念眞情況不一樣，已經結婚生小孩的我，才剛從紐約返回臺灣，我的人生因爲放棄繼續攻讀分子生物博士學位後，幾乎已經沒有退路，雖然熱情理想尚在，但背水一戰絕不投降的心情才是我最大的驅動力，我甚至對上級單位有了恨意，他們成爲我眞正的敵人。

那一次明老總親自帶著我去文化工作會向大老闆做簡報，報告《小畢的故事》《光陰的故事》和《兒子的大玩偶》等電影企畫書，我差一點想跪下來哀求高高在上的大老闆說：「給我們年輕人一次機會吧？」最後我沒有跪，面對敵人不能跪也不能投降。但是我真的用了一點智慧：我把《小畢的故事》包裝成青年從軍的勵志片，把《光陰的故事》包裝成三民主義建設臺灣的政策片，《兒子的大玩偶》竟然和國父孫中山的理想扯上了關係。或許實在沒有再退回我們的企畫案的藉口，三部開創八〇年代初臺灣新電影浪潮的電影企畫書被核准。走出文化工作會辦公室，明老總笑了，拍拍我的肩膀說：「你看吧，努力總是有結果的。」我仰望燦爛天空，差點想要跪下來大吼大叫說：「突圍了！突圍了！」

後來《小畢的故事》票房空前成功，拿下金馬獎最佳影片。大學生重新回到電影院並且對國片刮目相看。在一次和大學生的座談會上有學生問到《小畢的故事》拍攝過程，我曾經承受過的所有吞忍和委屈一次爆發，在眾人面前痛哭起來。坐在我旁邊的吳念真嚇壞了，一臉錯愕的說：「兄弟，怎麼啦？」眼淚無法停止的我在紙條上寫了一句話：「原來一條簡單的直線，我們卻繞了好大的彎才到達。」

三十多年過去了，我們的社會也好像繞了好大一個彎才有現在的民主自由和公民覺醒。每個世代的年輕人都要面臨自己所處的時代，不管是大時代或小時代，面對不一樣的艱難痛苦都得展開戰鬥。忍耐，用背水一戰的心情不要輕言放棄。不要下跪，更不要投降。一定要相信，堅持理想者會贏得最後勝利。

恐龍的腦袋——提早了十年的革命

如果你是活在侏羅紀的世界，放眼望去都是恐龍的天下，你如果想當屠龍的唐吉訶德，結局可能是被恐龍一腳踩扁。但是如果你能夠找到一隻最大的恐龍老大，把那隻恐龍的腦袋變成自己的，也許這個世界就改變了。這是很久很久以前，我的朋友二毛說的故事。現在我要講的一個故事就是一群不怕死的年輕人，衝向恐龍老大，企圖換掉牠的腦袋的冒險故事。

那一年因爲沒有電影可拍，臺灣電影界的龍頭老大中影位於外雙溪的製片廠，引進了日本的電動恐龍放在最大的攝影棚展覽。賺不到電影票至少賺點參觀的門票。當初一手打造士林中影文化城的明驥廠長，已經升爲總經理有一段時間了，卻因爲幾部超級大片票房失利而坐困愁城。他看到恐龍大展的門口大排長龍忽然心生一計，立刻召見製片企畫部的兩個菜鳥吳念眞和我，非常亢奮的說出他想到的電影題材：「恐龍」。沒有錯，就是恐龍，這個構想比史蒂芬・史匹柏的《侏羅紀公園》還早了十一年。不同的是，一向精打細算的明老總想的不是動畫，而是利用電動恐龍展覽期間，用最少的成本把那隻電動恐龍編個故事拍成一部電影。心直口快的吳念真忍不住噗哧一聲笑了出來，很誠實的告訴明老總說「不可能！」明老總忍住火爆脾氣說：「當初找你們來公司，就是要你們想辦法的。消夜，你說說看？」當明老總用湖北鄉音叫我「消夜」時，就表示他渴望我能說「Yes!」並且像魔術師一般變出一桌豐盛的「消夜」來。所以我想滿足他，我說：「這個構想很棒，我們回去想一想。」吳念真瞪了我一眼，搖搖頭。

回到像醫院病房一般蒼白無力的辦公室，我們找來第三個菜鳥陶德辰商量，剛剛才從紐約雪城拿到電影製作碩士的陶德辰立刻提出更具體的建議，他說他可以立刻寫四個故事，從四個不同年代反映臺灣社會，每個故事都有恐龍的意象，然後找來中影內部包括他在內的四個導演一人分一段來拍：雨露均霑，完全符合中影的傳統舊文化。「看看誰比較厲害。」他已經迫不及待了。我只接受了他一半構想，我說：「外面有才氣的年輕導演非常多，何不藉由這個案子號召天下有才能的年輕人加入我們陣營？」吳念頭噴了一口菸，笑了起來：「如果是這樣，我同意。至少我們有了一些改變！」一向受不了二手菸的陶德辰搬出一臺空氣清淨器放在桌子上表示抗議。

陶德辰士氣高昂很快完成四個故事，我也配合他的故事完成一份完美的企畫書。

企畫書強調三個重點：第一是藉由四個不同時代的故事反映中國國民黨在臺灣的偉大建設，尤其是經濟發展；第二是藉由正在展覽的電動恐龍拍攝一部只要新臺幣四百萬元的超低成本電影；第三是爲中華民國電影界培養年輕電影工作者。這個企畫案在明老總親自出馬，帶著製片企畫部的趙琦彬經理和我去向上級單位做簡報後，終於通過國民黨文化工作會的核准。

下一步便是從我們所知道的年輕導演中挑選最適合的人選，討論會由剛來報到的製片企畫部副理二毛主持，他就是在這個場合說了那個恐龍的故事。我們這些被明老總從各角落陸續「撿」來中影的年輕人，現在進行的正是替恐龍換腦袋的大計畫。第一批登場的四個年輕人依四段電影的出場順序是陶德辰、楊德昌、柯一正和張毅。在我們第一次碰面的會議上，我和吳念眞都主張導演們可以重新寫自己想拍的故事，如果能找到彼此之間的連貫性最好。

「那恐龍呢？別忘了我們最早的構想。」陶德辰反對導演們可以更改故事，和中影有過合作經驗的張毅看法也很保留，他冷冷的說：「我們是在中影拍片呢。中影上面還有文工會，我們要步步爲營以免壞了事。」後來大家達成了一個共識，找到了故事各自的特色，但是又有連續性：故事的主角從兒童、少女、大學生到中產階級，交通工具由步行、自行車、摩托車和公車到車水馬龍的私家轎車。「那明老總最愛的恐龍呢？」陶德辰又問了一次，吳念眞又噴了一口菸，賊賊的笑了起來：「你還在說恐龍？」我做了結論：「只要你在你的那一段故事中拍到那隻電動恐龍就好了。就靠你啦。」陶德辰忿忿不平的啓動空氣清淨器，覺得很委屈。

這樣的年輕組合，這樣的實驗電影，在公司各單位當成笑話一則，業務單位故意只排了一星期的國片院線檔期的羞辱狀態下上片，結果戲院門口大排長龍的畫面讓業務單位很尷尬，但是仍然堅持一星期後準時下片。這是一個非常關鍵的時刻，公司內部的原來勢力正傾全力要撲滅這個由一群年輕菜鳥點燃的革命火種，我們豈能讓步？我們憤怒的衝進了明老總辦公室，表達堅持要讓這部電影繼續放映的決心！明老總給業務部門下達了指示，最後業務部門提出一個折衷方案，一個星期在院線下片後用放映西片的眞善美戲院的一個廳來接續放映。這個陰謀沒有得逞，因爲習慣看西片的觀眾更喜歡這部和傳統國片完全斷裂的新電影，票房扶搖直上！這就是臺灣電影史上認定的「臺灣新電影浪潮」的第一部電影《光陰的故事》的眞相，發生在一九八二年，距離《侏羅紀公園》整整早了十一年。

哦，對了，忘記說後來電影中有沒有出現恐龍的畫面了。有的，確實有的。在陶德辰導演的第一段「小龍頭」裡面。什麼?你說沒有看到?那隻電動大恐龍只出現在小男生的夢裡，短短的一個鏡頭。就像是一個舊時代、舊勢力、舊思想面對一個新時代、新勢力、新思想的大浪潮襲捲而來時，成了泡沫般的往日舊夢。或許這正是陶德辰的陶式幽默吧？之後，由來自四面八方的年輕電影人所主導的臺灣新電影浪潮，便這樣如火如荼的展開了。不過正如張毅導演在《光陰的故事》得到一個天主教人道獎的頒獎典禮上致詞時所說的，這部電影比他想像的提早了十年出現。所以這股全新的電影浪潮受到各方勢力的大反撲便是它的必然宿命了。

奇蹟和成功從來不屬於心存僥倖的人

曾經有一部電影用了極有限的預算（新臺幣五百二十萬），從開拍到上映只花了四十五天，業務部門給了一個最冷門的農曆年前的檔期上片，結果票房一飛衝天，是投資預算的十倍（新臺幣五千萬），而且一舉拿下了那一年金馬獎的最佳影片。更重要的是，從此八年內，中央電影公司出品的電影拿下五屆金馬獎最佳影片。這部電影叫做《小畢的故事》（一九八三），電影史上將這部電影和《光陰的故事》（一九八二）並列，成爲開創「臺灣新電影浪潮」的兩個傳奇「故事」。

這部電影的少年小畢，在許多年之後已經成爲臺灣電影復興（二〇〇八）之後最重要也最活躍的導演之一，他叫做鈕承澤。鈕承澤回憶自己會走向電影這行業也是和中影有關。在中影還在拍反共的傷痕文學電影時代，剛剛拍完了一部得到金馬獎最佳影片《假如我是眞的》（一九八一）的王童導演要替《苦戀》（一九八二）找一個少年演員，他去華岡藝校挑「小孩」，一眼看中一臉叛逆的學生鈕承澤。鈕承澤回想那次拍片印象最深刻的便是當導演很威風，可以一直罵人，被罵的人都乖乖立正，點頭如搗蒜。或許那是日後他嚮往當導演的潛在理由，也是他展開和電影《苦戀》的源頭。

他說當時他在大太陽底下拍片拍得快虛脫時，看到攝影機旁一個小鬍子攝影助理遞了一罐冰冰的可口可樂給大鬍子攝影師，他恨不得去搶下那一罐可口可樂來喝。他並不知道坐在攝影機後面的那兩個大、小鬍子其實也正在執行他們生涯的第一次。大鬍子原本只是中影製片廠的攝影助理，第一次升格爲掌鏡的攝影師。小鬍子是中影技術人員訓練班攝影組的學員，第一次正式在拍片現場實習。原來大家都很緊張，大家都是第一次。個性沉默低調的大鬍子在許多年之後成爲國際級的大攝影師，有人還爲他拍攝了半傳記體的紀錄片《乘著光影去旅行》，他叫做李屏賓。小鬍子後來去了日本深造，返回臺灣不久便轉往音樂界發展，成爲臺灣搖滾音樂教父級的人物，在柯文哲當臺北市長任內，經過海選成爲第一位柯市府團隊的文化局局長。

《苦戀》帶給鈕承澤短短的電影震撼教育之後，他又被找去了另一個中影的電影劇組，他遇到了一些和上一次經驗很不同的電影人，他們看起來輕鬆隨興，每個人都笑咪咪的像是在玩耍。他仍然很緊張，那些人要他放輕鬆，告訴他說這次要直接提拔他演男主角，整部電影都是青少年和兒童，大人只是配角。他仔細觀察著這些年輕的電影人，大家叫那個留著披頭四髮型的年輕小夥子「孝賢」「孝賢」，叫那個瘦瘦高高喜歡聳肩兩手一攤的中年人「坤厚」「坤厚」。他不知道的是，那個叫做「孝賢」的年輕導演爲了投資這部電影，已經把自己在永和辛苦存下的錢和貸款所買下的房子賣掉，從公寓三樓搬到四樓改用租的。那個叫做「坤厚」的中年導演也把自己房子抵押借得一筆錢。加上張華坤和許淑眞，他們正式成立了「萬年青影業公司」，所以《小畢的故事》便是在他們和中影各出一半資金的合資條件下開拍的創業之作。

在當時能和中影採取合資是極罕見的。一方面是他們用傾家蕩產的方式表達「決心」和「信心」，更重要的是打破中影牢不可破的片廠制度。因爲中影不再是唯一的出資者，導演可以不再遵守中影製片廠嚴格的升遷規則，他們可以自行挑選工作人員，採取「彈性」原則。他們可以破格任用年輕剪接師廖慶松，年輕錄音師杜篤之，也可以從外面找來一個大家還不認識的無名小夥子李宗盛來作曲配樂。也因此在當時片廠人稱小廖、小杜的年輕技術人員，日後成了侯孝賢導演最信任的合作夥伴，他們也協助了日後崛起的更多年輕導演們一一完成了重要的電影作品。我深深相信後來成爲大師級的人物的小廖和小杜，至今仍然非常謙虛，也特別照顧後起更多年輕電影導演的原因，和當時被完全信任的經歷有關。至於李宗盛後來在音樂界的發展，更和所有華人的成長記憶有了緊密的結合。

《小畢的故事》是作家朱天文所寫的短篇故事，敍事手法更接近散文的文體，編劇的過程又加入了更年輕的作家丁亞民。那時候吳念眞和我是剛進入中影製片企畫部的菜鳥，由於我們來自文學界，所以在心態上很希望能多引進一些文學界的作家和作品進入電影界，形成一種相互交流、合作、互助的關係。一九八〇年代之前蓬勃發展的電影界並不那麼依賴臺灣文學作品改編，也很少來自文學界的人參與電影工作。《小畢的故事》開啓一扇窗，之後大家爭相改編黃春明的小說，開啓了文學和電影互動、交流的大門，從此臺灣新電影浪潮就有了濃厚的文學意境，不只因爲改編文學作品，更多的是電影語言和美學融入了許多文學元素，像長鏡頭、空鏡頭、象徵、隱喻等。

和之前《光陰的故事》比起來，《小畢的故事》並沒有那麼實驗和風格化，也就是在創新之外仍舊「傳承」比較傳統的敘述方式，這種從傳統的成功模式中加以傳承、改良、創新的方式也是日後票房成功的眞正原因。大多數觀眾仍然不適應太實驗和風格化的電影作品的，例如後來眞正使侯孝賢成爲國際矚目的導演作品《風櫃來的人》《冬冬的假期》《童年往事》《戀戀風塵》。在拍攝《小畢的故事》之前，侯孝賢和陳坤厚在傳統保守的電影界已經磨劍十年，他們在既有的三廳愛情限制中摸索出一條清新的路線，他們把電影場景從高樓大廈的都市拉回有山有河的鄉下，把注意力放在青少年和兒童的表演方式，不斷練習捕捉孩子們最天真、浪漫、無辜的表情和動作，找到和他們相處的方式。《小畢的故事》有一支很短的廣告，少年鈕承澤和少女相約淡水碼頭，老是當電燈泡的弟弟顏正國指著他們說：「駒！戀愛！」導演捕捉到了那種孩子的頑皮和天真的表情，這才是真正賣座的關鍵。磨劍十年才磨到的一個鏡頭，結果石破天驚、影響深遠。

正如同朱天文爲這部電影所寫的文案，越遠了越近，越久了越真，事隔三十年，侯孝賢花了八年磨出了一部轟動國際影壇的《刺客聶隱娘》，許多事物因爲歲月的一再淘洗磨光，使我們更能看清事物的來龍去脈和核心、本質。奇蹟和成功從來不屬於心存僥倖的人，《小畢的故事》的奇蹟和成功，除了是決心、信心、彈性、傳承和相互扶持之外，十年磨劍更是關鍵的一擊，這個故事中所提到的每一個曾經年輕過的人，都不是那種心存僥倖之人，他們各自默默的磨著屬於自己的那一把劍，那把劍也許是有形的攝影機或吉他，但是更多的是他們自己，他們把自己的身心化成了那把利劍，靜靜的等待著命運安排下的關鍵一擊。

這是一場僕人綁架主人的政變

擊一隻劍能擊殺多少情仇？一隻手能擋多少洪流？
孤單的你，怎樣才能夠度過黃昏的決鬥？

——詹宏志〈夢的風暴〉

陳儒修是臺灣電影學者中研究「臺灣新電影浪潮」最深最廣的人之一，他一直用「臺灣新電影運動」來定位臺灣電影史上這件曾經發生，並且對後來臺灣電影發展影響深遠的電影運動。他認爲一直到二〇〇八年臺灣電影的復興，仍然延續從一九八二年以來的關懷社會、土地和歷史的寫實主義傳統，像魏德聖拍的《海角七號》《賽德克．巴萊》及監製的《KANO》等等，更深深影響了臺灣人對自我認同不斷的追尋。

他提到一個「電影運動」所具備的條件，「臺灣新電影」完全符合，特別是這場運動還帶有革命性，他說在電影《兒子的大玩偶》遭到國民黨文化工作會進行整肅和鬥爭的「削蘋果事件」，最後引發社會集體抵抗，更促成了社會進步人士的大團結。他說那是一個値得紀念的日子，紀念一個在戒嚴時代臺灣媒體仍然保有風骨，做出勇敢反抗獨裁政權控制的日子。

一九七九年中美斷交之後，美國防衛臺灣的第七艦隊駛離臺灣海峽，臺灣內部爆發逃亡潮，想逃的能逃的紛紛移民海外，到了年底發生了影響後來臺灣政治藍綠激烈對抗，甚至最後造成政黨輪替的「美麗島事件」。事件發生時我在紐約水牛城讀書，當時紐約州立大學水牛城分校的臺灣同鄉會是少數政治立場同情「黨外」的，所以師生中有不少黑名單，當時整個校園貼滿了抗議國民黨政權獨裁，非法逮捕所有異議人士的海報。之後的一九八〇年，臺灣更發生了殘暴的林宅滅門血案，緊接著在一九八一年又發生了陳文成教授離奇死亡事件，由於當時所有電視和報紙都受控於國民黨文化工作會，只剩下隨時被警備總部查禁的黨外雜誌能報導一些眞相。所有從小被黨國教育洗腦長大的人民，仍然不敢相信這會是國民黨政府所做的。

這時臺灣政治情勢極爲緊張，絕大部分留在島內的人們都保持沉默，懷著對未來不確定的心情默默生活和工作，所有的憤怒和不滿只能在每個角落暗潮洶湧。吳念眞和我任職的中影直屬國民黨文化工作會，所有人事任命及拍片計畫都要通過他們嚴密的審查。當時文化工作會想要接觸文化界本土派人士（本土派作家王拓和楊青矗已經在美麗島事件中接受軍事審判），希望緩和一下彼此緊張氣氛。他們擬了一份主任親自邀請吃飯的名單，並且希望在中影任職的吳念眞和我當陪客，也許我們兩個小夥子被他們認定是「自己人」吧。印象中那餐飯吃得很不愉快，席間有作家直接詢問何時釋放被逮捕的人，直接要求釋放兩個作家。之後東年忽然帶頭唱起〈望你早歸〉〈美麗島〉〈黃昏的故鄉〉等歌曲，全桌的作家喝酒之後情緒悲憤，歌聲充滿了抗議，一首接一首。這時文工會主任一臉尷尬，隨行的官員向我求援說：「我們來唱〈梅花〉吧！」「我忘了歌詞。」我立刻推託。「不然，唱〈國父紀念歌〉。」另一個官員對吳念眞說，吳念眞回答：「這首更難。」這餐飯有點不歡而散，但是也刺激了吳念眞和我，覺得有些事不做就來不及了。看來從中影內部用電影「起義」的時機成熟了。

文化工作會裡面的人也不是省油的燈，他們當然知道作家黃春明也是屬於鄉土派作家，他們在審查我們提出改編黃春明三篇小說的企畫案中也發現最有問題的正是《蘋果的滋味》，因爲故事中有美軍撞倒臺灣人的情節。「最好換一個故事吧？」編審直接說，我回答說：「好的，我們回去再討論，反正黃春明的小說很多。」由於這個建議只是口頭的，沒有在公文上有任何指示，我們也就不理會了。我當時在企畫書寫的這個案子說是和國父有關，我借用了孫中山先生在一八九八年援助菲律賓獨立軍對抗西班牙統治者的愚民政策時說過的話：「爲中國蒼生，爲亞洲黃種，爲世界人道」。抬出了國父思想，國民黨文化工作會就很難否決我們了，因爲否決我們就是否決了國民黨的國父。人處於劣勢下，往往有意想不到的小聰明。這個案子在當時肅殺的政治氛圍中能通過，不知道是他們想緩和對立情勢或是引蛇出洞，魯鈍如我至今仍然沒有答案。

電影完成了，果然《蘋果的滋味》那一段出了問題，上級單位有一種被騙的憤怒，我們不但沒有更換故事，反而找來了渾身上下都是反骨的萬仁來執導，他把這一段拍得幽默、諷刺和批判，矛頭竟然直接針對國民黨統治集團。從萬仁之後的一系列作品，《超級市民》《超級大國民》《超級公民》就可以知道他在《蘋果的滋味》中想要表達的抗議是多麼直接而強烈的。他在得知文工會下公文要求中影修剪他的那一段影片時，氣得把中影片廠的垃圾桶踢爛。（也許他更想踢那些人的頭？）文化工作會主任在內部影片審判會議後，握著編劇吳念眞的手，充滿笑意的說：「片子的確拍得不錯，但是要考慮國家的立場。」話鋒一轉變得很嚴厲：「你們這部電影是在我們好不容易在臺灣建立起來的思想上挖牆角。」吳念眞哭著離開現場，事後他告訴我說，他哭的原因不只是因爲電影可能被禁演或是他要被迫離開中影。他說：「因爲當我握著他的手時發現他的手好軟，他還能笑得那麼親切。」

第二天聯合報影劇版以頭條新聞處理了記者楊士琪的報導，「削蘋果事件」便是她創造出來的名詞：「兒子險些失去玩偶」「中影削好蘋果再送審」等等。有一張拍得相當不錯的劇照是我偷偷提供給楊士琪的，照片中有三位導演侯孝賢、萬仁、曾壯祥，還有黃春明、溫隆俊（配樂），再來就是中影內部的叛徒吳念眞和我，我們緊緊靠在一起，表情嚴肅一副誓死如歸的樣子。這一切都是預謀，早已經計畫好萬一出事了就向外求援，向媒體和社會求救。因爲這樣的仗義執言，女中豪傑楊士琪成了這些年輕導演的好朋友，她常常跟著導演們參加國外影展，她是我見過最認眞最專業的影劇記者之一，她對明星緋聞沒有興趣，對臺灣電影的前途有「國家興亡匹夫有責」那種胸襟。每次去國外參加影展她都窩在戲院看影片，不然就在旅館內埋頭等深度報導，她的眞誠和熱情贏得大家的尊敬。

或許正是她這樣憂國憂民的工作態度，使她在一次氣喘病發之後竟然不告而別。她的離開震驚所有朋友，除了楊德昌把剛剛完成的《青梅竹馬》獻給她，我決定設立「楊士琪電影紀念獎」，由王童導演親手設計一座全世界獨一無二的天使獎座，前三屆得獎人分別是在海峽兩岸守護臺灣新電影浪潮和中國大陸第五代導演的明驥和吳天明，還有長期以器材和資金支持年輕導演的阿榮片廠老闆林添榮。我們每年到了楊士琪的忌日便相約去探望她的家人，直到有人提醒說我們是不是應該「放手」了，讓她的家人有新的生活爲止。

八〇年代是英雄出少年的時代，三十二歲的我已經有不少同輩朋友坐上了媒體主管的位子，我躲在中影製片廠的角落一一打電話。作家陳雨航主編工商時報影劇版，一向不同於一般報導明星緋聞的影劇版。一九八三年《美洲中國時報》因爲蔣經國一通電話而停刊，二十七歲的詹宏志原本奉命去美國主管這份報紙的文藝版，因爲停刊了選擇回國，暫時在家待業。我立刻邀請他來中影補看《光陰的故事》和《小畢的故事》。在他去美國之前已經歷任《聯合報》《工商時報》《中國時報》的主管及《時報周刊》的總編輯，號稱是史上最年輕的媒體主管。陳雨航在接到我直接求援的電話後立刻找了詹宏志商量。剛剛才「領教」了國民黨控制媒體威力的詹宏志提醒陳雨航：「那你先要有失去主編職務的心理準備，我反正已經失去了所有，沒有什麼好怕的。」那個晚上兩個「文藝青年」回到編輯臺連寫帶編把「削蘋果事件」弄滿一整個版面，之後陳雨航便主動請辭，所以我一直非常尊敬他。

詹宏志每次介入臺灣新電影的發展都不是主動的，都是在電影工作者遇到了困難時向他求援。他比較像是愛打抱不平的美國西部片中除暴安良的大鏢客，也像是武俠片中神祕的武林高手，掏槍或揮劍的瞬間，大魔頭應聲倒地，之後大鏢客或武林高手便又風塵僕僕的離開了，他的出現都因爲天下並不太平。否則詹宏志最大樂趣是埋在書堆中享受閱讀。他曾經用「洪致」的筆名寫過一些歌詞，其中有一首〈夢的風暴〉

有一段歌詞是這樣寫的：「一隻劍能擊殺多少情仇？一隻手能擋多少洪流？孤單的你，怎樣才能夠度過黃昏的決鬥？」從打抱不平出發到直接介入臺灣新電影的製作，起草「臺灣新電影宣言」，他無意中創造了新電影許多奇蹟。他主導完成了侯孝賢的《悲情城市》（一九八九）和楊德昌的《牯嶺街少年殺人事件》（一九九一），延續了臺灣新電影的香火和生命，也推翻了評論界公認臺灣新電影只有五年（一九八二～一九八七）的說法。

回顧《兒子的大玩偶》所引發的這場由臺灣文化界、媒體界和國民黨文化工作會正面對抗的「夢的風暴」，更像是一場兩個僕人忽然綁架了主人之後，所有的人反而都同情被壓迫的僕人，一致要求主人答應僕人所開的條件，讓這部其實是主人擁有的電影一刀未剪的上片。據說，事後主人有透過情治單位對這兩個僕人的背景展開調查。調查結果顯示：其中有一個僕人曾經去美國紐約州立大學水牛城分校就讀，那所學校的臺灣同鄉會有臺獨傾向，而且這個人在美麗島事件之後便忽然中止學業「悄悄潛返」臺灣。另外一個僕人出生九份礦工的底層家庭，曾經在臺北市立療養院圖書館工作（毛澤東也曾經是圖書館管理員），那間圖書館是極少數可以把黨外雜誌放在書架上的公家機關，而且這家醫院的年輕醫生有不少是「黨外」的同情者，這個僕人在辦公室講電話都使用閩南語，行跡可疑。雖然沒有證據可以證明這兩個僕人曾經加入任何組織，但是一定要列入危險黑名單，繼續監控。

一年後（一九八四），文工會終於採取行動，明驥總經理被撤換，職務明升暗降。大家判斷這一定是「臺灣新電影浪潮」結束的時候，沒有想到「臺灣新電影」革命的火種已經被點燃，沒有任何人可以阻擋。

寂靜的堡壘受傷的兵

1

我背著軍用背包沿著開封街往西行，這是從清末到日治時代的城內街廓。我踏出去的每一步，看到的每一幢建築每一家店面都是歷史，都有著自己的故事。

剛剛結束了一個關於紀錄片的審查會，走到懷寧街口那家王童導演大力推薦的「劉山東牛肉麵店」迅速吃了一碗清燉牛肉麵和一塊蘭花干，又再走了一段路，找到一家狹窄的Cama咖啡店，點了一杯榛果拿鐵，一個人靜靜的坐在小小的咖啡店四個人的長桌旁，享受著咖啡混合榛果的香味和兩個活動行程之間的空白清閒時光。我是一個缺乏生活經驗的工作狂，只好藉由工作之間的空隙，尋找短暫卻適切的生活。我的下一站是中山堂堡壘廳，我要去見一個人。

我並沒有察覺已經是秋天了。臺灣的氣候只剩下越來越熱的夏天和越來越冷的冬天，春天變得很短，秋天變得很模糊。剛剛在會議室的電視螢幕上看了紀錄片《我們這樣拍電影》，看到好多熟悉的朋友，他們侃侃而談關於臺灣電影的種種，有些聲音太小不知道他們說些什麼，偶爾他們的話語飄進了我的耳朵：「臺灣電影工作者的工作方式很奇特，誠懇但是偏執，他們知道如何變通只爲了完成自己的電影。那些電影工業的規則在臺灣行不通。這就是臺灣電影最獨特的地方。」「臺灣電影有一段時期票房只要達到新臺幣一百萬元就開香檳慶祝。這樣也好，只剩下爲拍電影而拍電影的人，反而純粹簡單，大家都窮，但是每個人都有自己獨特的關照。就想辦法一部接一部的拍。」「我們拍電影都不是爲了賺錢，如果意外的賺到了錢，就把它全部投入到下一部，直到賠光光再想別的辦法，但是一些夢想透過電影的完成就完成了。」「我一直在尋找一種可以持續拍片的模式，可以有穩定的資金又不依賴大陸市場，努力嘗試各種不同的類型。這其實非常困難，但是我最不希望的就是臺灣電影成爲中國電影的一部分。」「現代的臺灣人表面安逸，享受片刻小確幸，但是內心卻有巨大的不安和焦慮，這樣的情緒都反映在臺灣的電影中。」

開封街向西走到延平南路左轉便是中山堂了，在延平南路的路標上多了一個「撫臺街」，似乎想要提醒路人說這裡是有歷史有故事的。臺灣電影的奇特現象，邊緣的、夾縫的、多元的、焦慮的特色其實不就是臺灣社會和歷史發展的寫照嗎？中山堂當時展出的正是在臺灣現代史上記憶猶新卻已經缺乏共識，成了眾說紛紜各擁對立史觀的「抗日戰爭」的故事。因爲二〇一五年是二次世界大戰結束七十週年，是滿清政府把臺灣割讓給日本之後的一百二十年。每個執政者都缺乏反省錯誤和面對真相的勇氣，因爲事實的眞相往往不利於自身的權益和道統。不過至少我們已經學會了一件事，就是當我們看到或聽到關於歷史事件的描述時，都懂得保持一點距離，再檢視一下這是誰在說？在怎樣的歷史時空說？爲什麼而說？

2

我很少在這樣的時間走進中山堂，我還以爲中山堂平日大門深鎖，要從側門進入。

我從來沒有走進堡壘廳過，我好像不屬於臺北的藝文圈，就像我從來不認爲自己曾經是文藝青年或是追尋歐洲電影大師的影痴。或許正是因爲這樣格格不入的距離感，使我遊走在文藝、影視工作環境時有一種出奇的冷靜，可以不帶任何情緒的做出判斷、選擇和決定。下班後我準時回家吃飯陪伴家人，婉拒所有影視圈習以爲常的夜生活。這樣近於冷漠平淡的態度，往往給身邊的朋友一種錯覺，猜不透我到底是站在哪一邊，是不是和他們同一國。有個常常和年輕導演們混夜生活的記者，一直以爲看起來嚴肅呆板的我必然是個保守的官僚，一個阻礙進步的人。還好吳念眞改變了對方的觀念：「在一個壓抑的環境中長大的人，外表和內在是不同的。他對於文化或社會的改革性，比那些外表上很前進的人還前進。」許多年之後我們一群老朋友走上街頭進行體制外抗爭時，用了一個抗爭模式是「溫柔堅定」，在體制內改革要多了更複雜巧思的「迂迴」戰術。

原來中山堂早就是一幢正門大大敞開，歡迎任何人走進來的古蹟了，這樣自由自在的社會氣氛大約是整個社會花了半個世紀的時間慢慢走到的。我坐在堡壘廳等待一個人，他已經離開人世了。是他引領我進入一個不曾想像過的戰場，我們躲在那個堅固的堡壘中並肩作戰，直到他被迫離開了堡壘後，我和我的夥伴們繼續蹲在堡壘內奮戰不懈。他走之後我有一種失去父親般的落寞。也許我曾經陪伴父親打過一場對抗貧窮的戰爭，我們把家庭變成了工廠，從借債度日到收支平衡。可是當我長大成人，開始對壓迫者做出反抗時，父親便退縮了，甚至想要和我畫清界線。明總經理對我的信任和欣賞超過了父親，也許父親的角色阻礙了他全然接受自己的孩子吧？明總經理滿足了我想和父親並肩對抗壓迫者的渴望。

我努力思索著等一下當負責撰寫「明總經理傳記」的年輕作家出現時，我要如何精準的描述這個戰場的指揮官？也許從他當年在國共內戰時，從固守的堡壘出來面對勸降者，身懷子彈上膛的雙槍，打算同歸於盡的那一幕說起吧。永不屈服。永不放棄。是他後來教會我的事。

3

「你們的敵人是誰？」年輕的女作家在我滔滔不絕的說了許多關於明老總和他的年輕屬下當年並肩作戰的英勇故事後，直指核心丟出一個問題給我，因爲她從我的描述和歷史資料中看到了一些矛盾和疑惑。「當時，我們共同的敵人正是我們的上級長官，因爲他們才是我們最大的阻礙和壓迫者。」我知道我的答案充滿了矛盾，好像有一點打著紅旗反紅旗的意思。

如果那「堡壘」指的是當年的中央電影公司，那麼它應該是一個不折不扣的「反共堡壘」才對，尤其是在一九七〇年代初由梅長齡擔任中影公司總經理，明驥接掌中影製片廠的廠長之後，幾乎每部電影都配合了當時的國家政策而拍攝，包括《英烈千秋》《八百壯士》《梅花》《筧橋英烈傳》《黃埔軍魂》等。直到明驥接掌中影之後也延續這樣的拍片政策，執行了《香火》《源》《大湖英烈》《皇天后土》《血濺冷鷹堡》《龍的傳人》《辛亥雙十》《苦戀》等。中影公司的任務除了培育電影人才和扶持電影工業之外，更大的目標是配合政府的政策，從抗日、反共到強調血脈相連的反獨都在拍片政策中。我們的敵人怎麼會是公司擁有者的「上級」？

訪問結束後，我背著軍用背包走向回家的路，忽然想起自己決定加入中影前，在德國文化中心看的一部德國導演荷索二十六歲時拍的第一部長片《生命的訊息》。一個受傷的士兵被派到希臘的小島上守衛堡壘順便療傷，唯一通往對岸小鎮的橋入夜之後便封鎖，和他一起的同僚靠抓蟑螂、養雞、用大量的火藥製作火箭打發時間。太過壓抑和沉悶的生活使傷兵瀕臨崩潰，面對一排連綿不斷的風車以爲是敵軍，他對著風車瘋狂開槍，在寂靜的黑夜裡把自製的火箭當煙火在放，他在瘋狂前被逮捕。

這部電影對我而言太震撼了，於是連續看了兩次，從此德國新浪潮電影成爲我對電影的啓蒙，我天天窩在德國文化中心看荷索、溫德斯、法斯賓達、史倫多夫的電影。我看到的是這些導演企圖用覺醒後的電影，振興因爲戰敗後一蹶不振的社會氣氛，拯救德意志的靈魂。

明驥下定決心重新整頓公司的製片部門是因爲他有一顆受傷的心。他覺得他信任的部屬都背叛、欺騙了他，拍片超支帳目不清，陷公司的財務於危機，就像當年在戰場上發現同伴們都投降敵軍一樣。明驥懷著受傷的心情，向外招募願意追隨他作戰的年輕戰士。他並不清楚這些年輕戰士中不乏受傷的人，整個停滯不前的社會和公司氣氛，都使這些有志青年瀕臨崩潰，於是他們將火箭射向了夜空，燦爛奪目的煙火瞬間照亮了天空。我們要一起打破令人窒息的沉悶，我們決心踩平所有阻礙我們前進的力量，上級便成了我們要反抗的敵人，因爲我們反抗所有形式上的壓迫。

這是一場千眞萬確的戰鬥

吳念眞駕駛著一輛小破車，行駛在臺北通往宜蘭龍潭鄉九拐十八彎的崎嶇山路上，那是距離雪隧通車還非常久遠的年代。我坐在駕駛座的旁邊，在不斷急轉彎和上下顛簸的狀態下，覺得我們像是行走在槍林彈雨的戰場上，看不見的敵人無所不在無孔不入。

「這是一場戰鬥！千眞萬確的戰鬥！」我耳畔不斷浮現的是明老總慷慨激昂的湖北鄉音，他可眞的是經歷過槍林彈雨的軍人，在大別山上打過出生入死的游擊戰：「我可是懂情報戰的。我有一種非常敏銳的直覺，當我們的案子在上級單位審核過程時，我們要拍黃春明的小說的消息早已經走漏了。敵人不在外面，往往就是自己人。所以事不宜遲，帶著合約直接殺到黃春明的家，見面三分情，何況你們同樣都是作家，有一定的信任。現在就出發！」

自從吳念眞和我陸續進入中影最核心的單位「製片企畫部」的企畫組工作後，

我們就不斷討論從文學作品改編成電影的可能性。最早吳念眞覺得直接拍陳映眞的小說才能凸顯中影公司的改變，但是陳映眞曾經是被國民黨逮捕坐牢的政治犯背景恐怕通不過上級單位的審查，而且太早曝露我們的企圖，最後落得徒勞無功、功敗垂成。之後我提出七等生，因爲他的作品本身就充滿了電影感和音樂性。最後我們鎖定黃春明和王禎和，這兩位作家的作品對於小人物的描述都充滿了悲憫和同情，也極具戲劇性。黃春明本身從事過影像工作，在台視工作的王禎和甚至已經把他自己的小說改編成劇本了。從如何突破上級單位的審查這個角度看來，黃春明的小說正好在政治禁忌的尺度邊緣，最值得試。（後來證明我們低估了上級單位。）

我們一路奔波，終於來到了黃春明位於宜蘭龍潭的老家。他熱情接待我們，並且表示的確已經有民間電影公司捷足先登了，預先購買了他的小說版權，加上口頭承諾要陸續購買其他所有小說版權。這時輪到我們兩個後輩作家用苦肉計和本身的信用來保證，表示我們其實早就在企畫這個案子了，但是公司內部作業非常繁瑣，往上級單位送審時更是拖延很久。最後我們動之以情，以理想，並且保證找最好的導演來完成他的文學作品。我們解釋想要拍的三篇小說是〈兒子的大玩偶〉〈蘋果的滋味〉和〈小琪的那頂帽子〉，所反映的正好是過去臺灣電影從來不敢觸碰的禁忌，如果拍攝成功，是臺灣電影最大一次的突破。我們強調：「這是一場戰鬥，千眞萬確的戰鬥！」黃春明終於在合約上簽了字，我們不但無法像民間公司一樣預付訂金，按照公司規定黃春明還得先付給公司一筆印花稅的錢。黃春明搖頭苦笑說：「你們要打仗卻沒有子彈，眞是辛苦你們了。」我們捧著已經簽字的合約和黃春明付給公司印花稅的錢，連夜趕回公司向明總經理回報。我們隱約知道，這場不可避免的激烈戰鬥已經悄悄展開了。

從宜蘭龍潭黃春明的老家返回臺北後，我們立刻面臨這部三段式電影《兒子的大玩偶》由哪三位導演來執導的問題。在原來的企畫書上我們的建議人選是當時電影界最強的三位年輕新銳，包括侯孝賢、王童和林清介。結果王童已經在籌備黃春明的另外一篇小說〈看海的日子〉，他已經被比我們早一步和黃春明接觸、簽約的民間電影公司網羅了，而因爲拍學生電影而崛起的林清介也正在籌備他的新片，只有侯孝賢一口答應下來。

這時候侯孝賢的挺身而出，使得這部千辛萬苦搞定的電影企畫案有了全新的可能性，他對我們說：「你們在《光陰的故事》都敢啓用四個全新的年輕人，事實證明非常成功，爲什麼不繼續幹下去？再找兩個新導演，反正由坤厚攝影，念眞弄劇本，我可以在挑演員或是拍攝現場協助，看頭看尾。」有了孝賢和坤厚這兩位導演全力相挺，我們士氣大振，於是從金穗獎的英雄榜中尋找新的英雄，我們認眞看遍歷屆的得獎作品。金穗獎創立於一九七八年，提供了所有年輕電影工作者一個競賽的平臺，到了一九八三年已經六年了，六年的時間累積了豐富的年輕電影工作者名單，轉進電影工業的時機已然成熟。在加州念電影製作的萬仁是在這六屆競賽中唯一兩次得到最佳影片的人，作品非常成熟，他成了無異議的人選。

當時另外一個最佳人選正是第六屆剛剛出爐的金穗獎最佳影片《蔭涼湖畔》得主李安，那一年他二十九歲，還是紐約大學電影研究所的學生。因為還是學生身分，於是錯過了這次和侯孝賢聯合執導的機緣。在中影工作八年期間，我們一共錯過三次合作機會。第二次是李安完成了畢業作品《分界線》之後，我直接打電話到紐約邀請他在美國執導一部電影《長髮為君留》，他委託剛剛從紐約返回臺北的舒國治和我討論細節，後來這個企畫案沒有繼續執行下去。直到一九八八年李安託王獻篪主動送上一個他最想拍攝的劇本《囍宴》給我們，我以為這次合作時機成熟了，向公司積極爭取，最後公司以不宜拍攝同志的電影作罷。我們和李安三次擦肩而過之後，我也離開了中影。

當初確定李安無法加入《兒子的大玩偶》的拍攝工作後，從同樣是第六屆金穗獎得主中我們找到了曾壯祥。當時已經從德州拿到電影製作碩士的曾壯祥正好替中影公司的另一個部門工作，從中影過去的傳統認知中，他根本不可能當劇情片的導演。所以當我去找他時，那個部門的同事都在背後偷笑。他們萬萬沒有想到，一個翻天覆地的革命浪潮即將襲捲這家屬於國民黨的全臺灣最大的電影公司。

吳念眞的眼淚

我永遠記得那個日子，一九八三年三月二十六日，一個春天的週末。

那天上午我的女兒已經在娘胎裡敲門，提醒我說她要來到這個混沌混亂的世界了。我藉口要去領個錢，其實是溜回西門町的中央電影公司和曾壯祥導演簽約，這個合約簽字之後，意味著將有一部非常重要的電影要誕生了，那就是命運坎坷卻石破天驚的三段式電影《兒子的大玩偶》。詹宏志曾經說這場臺灣電影的革命，《光陰的故事》是興中會，《兒子的大玩偶》是同盟會，所有的革命黨員都集合在一起了，他們要在最危險的地方進行革命。我的心情無比的亢奮，一部充滿革命野心的電影誕生和女兒誕生是同等重要的。中午以前女兒靜靜的出生了，我將臉貼在玻璃窗上看著大眼、大鼻、大嘴的嬰兒，一個頗有大格局的天使，彷彿是來庇護我殷殷期待著的那部電影。

這部電影完成之後，一場清理門戶捉拿革命黨員的整肅行動立即啓動，那是在美麗島大逮捕之後的第四年，社會氣氛在肅殺中隱藏著蠢蠢欲動的反撲。上級單位藉口收到中國影評人協會的檢舉信函（這封信由誰發出至今仍是謎），在中影文化城進行一場由黨內大老及社會賢達組成的公審大會，藉由這場公審會把責任分攤之後再做出整肅的行動。在戰場上出生入死過的明驥總經理知道這場公審的恐怖，於是也在公審前打了幾通電話給他認識的大老，向他們表達自己的一切作爲是爲了國家的形象，一種能容許自我批判和反省的雅量。影片播放之後全場鴉雀無聲，所有幽默的情節沒有笑聲，沒有委員敢動座位旁邊的茶和西瓜，委員們腦袋裡想的是放映後的表態方式。明總經理帶領著趙琦彬經理、編劇吳念眞和我默默的坐在最後一排等待公審。這時張毅導演在放映室外面把我叫出去，因爲我們明天一早要去綠島拍《竹劍少年》，我是這部電影的執行製片和共同編劇。一個守候在外面的年輕黨工背著一雙手低頭走著，意味深長的說：「一個人能擁有一雙好鞋是重要的。裡面正在進行的正是一場精采的鬥爭。這就是人生吧？」

電影放映完，有的委員先溜出來不想爲鬥爭背書，之後發生了什麼事都是吳念眞轉述給我聽的。我只記得放映室的大門打開，第一個出來的是三十一歲的吳念眞，他是這部電影的編劇，他像個孩子般哭著衝出來。之後便是黨國大老們在門口恭送大權在握的年輕主任上了黑頭車，有人開車門，有人替他遮住頭怕他碰痛，所有人都立正恭送他，可是他並不知道自己錯估臺灣社會正在轉型的新氣氛，也低估了年輕人反抗的力道，他更不知道的是，他打壓年輕導演的行動反倒讓他自己成了黨內改革派鬥倒他的理由。原先以為可以掌控指揮臺灣所有媒體的「文化工作會」則慘遭所有媒體圍剿，其中一篇報導的標題是「吳念眞的眼淚」。這部原來可能要被判禁演的電影在同意剪掉幾個違章建築的鏡頭之後光榮上映，驚人的票房使得才起步的萬仁和曾壯祥成了許多電影公司爭取的新銳導演。

不要輕易譏笑年輕人的眼淚。就像這次反課綱的高中生們在公開場合幾度相擁痛哭的情緒，不要說他們是承受不了壓力的小屁孩，他們哭是因為他們還保有對理想追求的熱情、對戰友用生命死諫的不捨，他們的眼淚中的純眞和憤怒，足以淹沒整個腐敗的政權為自己構築的高牆。就像一九八三年之後的臺灣，漸漸進入了一個狂飆的年代，人民的憤怒終於衝跨了維持半個世紀牢不可破的白色恐怖戒嚴時代。

你總不能要我一直仰望著你吧？

三十三年前（一九八三）春天，某一天深夜十一點半，我滿腦袋塡滿了隔天即將進行的關於電影《海灘的一天》的談判會議，夾在公司內部絕不讓步的壓力和楊德昌導演堅持的各種條件之間，焦慮和煩躁的情緒幾乎淹沒了我。「爸爸，帶我去散步好不好？」未滿四歲，才剛剛上幼稚園小班的李中走向了我，他也剛剛當了哥哥，剛剛有了一個尚未滿月的妹妹。我望著他渴望的眼神說：「好吧，現在就去。」孩子的要求反而爲我坐困的愁城開了一扇門，他牽著我的手走向了山腳下。

我的苦惱來自一向非常信任我的明總經理，在下午忽然給了我一個明天談判的最高指示，他說他剛剛在公司親自主持了一級主管的會議，包括兩位副總經理、製片部經理、業務部經理、製片廠廠長等。大家的意見一致，就是不能向楊德昌導演所提出的條件妥協，因爲如果妥協了，以後的導演如果提出相同的要求，公司所賴以生存的片廠制度將被瓦解。因爲楊德昌堅持要和澳洲籍的杜可風合作，其他包括藝術指導和一些工作人員也要外聘。他的理由是在拍《光陰的故事》時，片廠的人老是扯他後腿。

「你要告訴他，我們也是冒著很大風險聘請他，他才拍了四分之一部電影，應該要好好珍惜他的第一部電影的機會。」明總經理有些激動的說：「你知道我的壓力也很大，我不能爲了支持一個新人，破壞了公司悠久的制度。你要有談判破裂的備案，趕快準備另外一個拍片計畫。今天大家都說過去能進中影拍片的都是大導演，沒有人敢違背公司的規則。他只是一個剛剛起步的小夥子，怎麼姿態那麼高？」已經三十六歲的楊德昌在他眼中只是一個沒有太多經驗的小夥子，可是我們都看到了他驚人的潛力。他的姿態並不高，他只是沒有安全感，他在前次的合作中經歷了中影內部對這波革命巨大的反撲，他需要一個能完全配合他的團隊，來完成他的第一部電影作品。

我和李中手牽手走在通往嘉興公園的小路上，我買了一瓶汽水給他喝，我們一路聊著天，他是個活力充沛常常覺得無聊的孩子，才三歲多就像個小哲學家，無拘無束的挑戰成人世界的習以爲常和理所當然。在這樣的父子散步過程中，我放下了所有的困擾，我心中有了方向，那就是一定要把楊德昌的作品留在中影，讓中影成爲眞正的革命基地。經過了《光陰的故事》和《小畢的故事》的成功，再加上快要開拍的《兒子的大玩偶》，一場提前十年的電影浪潮已經掀起，除了排除萬難向前衝，我別無其他選擇。歷史一直都是這樣，看起來誤打誤撞，有許多的偶然和巧合，但終究還是有一種不可逆的趨勢和潮流。就像我無法預測此刻和我手牽手的李中，在三十二年後也完成了他的第一部劇情長片《青田街一號》，正好也是三十六歲。唯一有跡可循的是他的電影作品天馬行空、無法歸類，就像他一路成長的軌跡。

夾在公司內部各種複雜的文化、規則和外來導演企圖完成自己美好作品之間的擺盪和協調，是吳念眞和我在中影任職八、九年最艱難的工作。雖然我們的目標非常清楚，每一部電影至少要在藝術成就或是商業市場上有所成果，當然最好是叫好又叫座，但是如何維持公司本身的原則和利益，又要滿足導演們各方面的索求是相當難兼顧的。回想那段日子吳念眞和我是非常完美的搭配，我獨自應付內部複雜的反撲勢力，他專心對外協助導演完成一部又一部完美的電影作品。吳念眞曾經這樣描述我的工作態度：「爲達目的，代替其他人吞掉所有的火氣；爲達目的，壓抑自我，展現過人的韌性。」（《一個運動的開始》序）而我對吳念眞的觀察是，他把自己在三十歲之後的八、九年歲月完全無私的奉獻給每個來中影拍片的導演，替他們編劇或是一起討論和研判每一部電影。直到四十歲之後，他才開始活出他自己的人生，也是大部分人所認識的他。無私的態度是一部又一部電影都能完成的眞正原因。

第一天的談判非常不順利，楊德昌一臉怒氣，我看得出來陪著我一起和楊德昌談判的公司各部門主管有意激怒楊德昌，他們期待談判破局。到了晚上，我決定找來一些楊德昌信任的朋友進行第二天談判前的討論，地點在西門町的「小上海」，參加的人除了吳念眞，還有和楊德昌最好的三位導演侯孝賢、柯一正、萬仁，以及一個最關鍵的人物張艾嘉。楊德昌表示想暫停這個計畫，等待時機更成熟，這餐飯吃得很難過，因爲看來這場談判是要破裂了。已經進行編劇的吳念眞情緒很壞，除了安慰楊德昌，連我在笑都不行。「×，你還笑得出來？」吳念眞也臭著一張臉。其實我已經看到了結果，只要張艾嘉說服香港的新藝城和中影合作，我就有理由說服公司接受技術人員可以啓用公司外的人，一切水道渠成。因爲我知道我們的「救星」出現了。

第二天上午十點鐘進行我們的第二次談判，楊德昌遞了一個他熬夜寫的故事給我，題目是「光陰的童話故事」，他習慣用寫信和別人溝通。他曾經說過，拍電影和寫信一樣，都是他想和最親密的朋友溝通的方式，他用說童話故事的方式解釋他爲什麼那麼堅持要由自己組合團隊，因爲上次他吃了很多悶虧，差點和片廠技術人員幹架。我在談判前對明總經理表示，我並沒有任何替代方案，而且告訴明總經理有可能找到合作的公司來降低風險和替技術人員的問題解套；另一方面我也告訴楊德昌，說公司已經有替換他的備案了，希望他能稍稍讓步表示誠意，例如攝影師名單也允許中影片廠派人參加，用雙掛名的方式等。我和他關起門來一對一的談判，一小時後雙方達成協議，當我把結果向明總經理和其他主管報告後，吳念眞興奮的起立鼓掌，然後扛起大書包回家補眠了。我知道這部電影在開拍後才是困難的開始，三十歲的新藝城總監張艾嘉身兼投資方代表及女主角，她一定有辦法搞定這個太難纏的導演。果然這部電影拍完之後，張艾嘉辭去了新藝城的總監，她說她不想再去控制太多的事情，重新回到原本的自己。沒有張艾嘉就沒有這部電影，這是我非常確定的事，而我只是一個代表中影的談判者。

許多年之後每當聊起當年這些偉大的革命事蹟，明總經理總是耿耿於懷當年楊德昌把《海灘的一天》拍到166分鐘的麻煩故事，再度給了所有中影公司戲院經理的強烈反彈藉口，他們一致要求必須剪掉三分之一，不然每天戲院要少演一、兩場，觀眾習慣的放映時間也會大亂。楊德昌當然是一秒都不願意剪，理由除了這是他的作品之外，中影也不是唯一的投資者。明總經理非常亢奮的回想他果斷的處理方式：「我把所有的戲院經理找來解釋，我們就對觀眾宣傳說，從前的電影拍太短，有點偷工減料，這次爲了回饋觀眾，給他們166分鐘一次看個夠，並且不加票價！」每當他重複說他的處理方式時，我們都會偷偷笑說又不是在賣豬肉。不過想想這或許也是當時那些戲院經理能聽得懂的理由吧？所以明總經理還是英明的。

楊德昌在二〇〇七年夏天離開了人間、至今一晃又過了九年，他留給臺灣和全世界愛好電影的人七又四分之一部經典作品，每一部電影都像是他寫給故鄉臺北的親密情書，濃濃的愛恨交織，綿綿的相思情話。他留下不多的電影作品也隨著他的離去，評價有越來越高的趨勢。有人說他的早逝是臺灣電影界最大的損失，也有人說他的離開，帶走的是一整個新電影時代的精神。最近我在整理舊資料時找到他親筆寫給我的信和故事，我讀著那些故事，已經無法判斷是他後來哪一部電影的原始構想，因爲他每天都會推翻自己昨天想的故事。對他而言，每天都是全新的一天，沒有一天是重複的。他喜歡焦慮，不喜歡快樂，他說生命的動力來自焦慮，他還曾舉例，如果在實驗室裡把一批白老鼠產生焦慮的神經抽除，牠們很快就會在快樂中死亡。

我忽然想起有一年父親節，李中送了我一張卡片，在海邊有一對赤裸上身雙手插腰的父子，兒子被擋在高大的父親後面看不到海。李中在上面寫著：「你總不能要我一直盯著你的背吧？」記得在那次的談判過程中，楊德昌並不是姿態很高，而是他個子本來就很高。我曾經在那次談判前，一語雙關的對他說：「喂，你總不能要我一直仰望著你吧？這樣脖子會很痠。」他笑著推了我一把，一小時之後我們便達成了我們的八三共識（一九八三），這一年是臺灣新電影生死存亡最關鍵的一年，許多人無私的投入成就了這輝煌的一年。無私才是關鍵。

黑暗迷宮的光

菜鳥精神

有個人，曾經在上個世紀八、九〇年代臺灣新電影遇到瓶頸的幾個關鍵時刻，毅然跳出來，用一種「無私無我」「相互扶持」的精神，完成了在當時非常艱難的任務。

之後他便毫不留戀的離開了電影界，甚至很少再談這段經歷。就像他從很年輕時，在每次因緣際會中進入新的行業或新的領域，他都能透過自己建立的學習系統，透過快速自學找到自己獨特的介入方式。不管失敗或是成功，他都很勇敢，凡事硬著頭皮往下做，不會的再去學。這些年他跨足到另外一個全新的領域：電子商務，一段時間之後，他又成了這個領域的領頭羊。現在許多年輕人都透過電子商務的開拓者認識他，並不清楚他曾經做過和文化相關的領域。過去不管他踏入哪個行業，他都用一種重新認眞學習的「菜鳥精神」，爲這個行業打開了一個全新的局面，成爲一個眞正的「開創者」。他年輕的時候常常遇到賞識他的老闆，很快就把主管的重責大任託付給他，所以他在過去的工作中常常「帶領」一群比他年長，甚至比他有經驗的人向前衝。「經驗」從來不是他說服別人的優點，能「敏銳」的在黑暗迷宮中看見光的方向，才是被老闆欣賞的原因。

認識他時我才服完兵役，申請到醫學院當助教兼研究員。當時我已經出版了三本頗暢銷的書，也得到《聯合報》小說首獎，並且被電影界網羅改編自己的小說。我寫了一本小說《擎天鳩》，由自己改編成後來成爲軍教喜劇電影始祖的《成功嶺上》。國防部找到聯合報副刊主編瘂弦先生，希望能同步發表我的小說《擎天鳩》以「配合」電影的上映。瘂弦把這個從天而降的「難題」交給了剛剛才來上班，沒有當兵經驗的他，這個菜鳥很有「氣魄」的把原本我這篇五、六萬字的小說刪減成兩天可以刊登完的一萬字毫不手軟。當時我竟然一點也不介意，因爲他刪改得非常精確，只保留比較文學描述的部分，刪除了當初我爲了電影劇本內容而寫的情節和對白，那時我更在意的可能是電影的行銷宣傳。那年我二十七歲，他才二十二歲。許多年後在我兒子的婚禮上，他上臺說起這段我幾乎忘記的故事。他說他不明白我爲什麼不恨他，反而願意和他做朋友，一直到現在。我的答案是：「因爲你改的比我原來寫的好。」沒有錯，他就是後來在工作生涯中不斷轉換戰場，擁有兩百多張名片，跨足過許多行業的詹宏志。

在詹宏志六十歲的生日宴上他只邀請了大約六十位朋友，其中來自電影界的朋友極少。喝了不少酒的張大春和我聊臺灣的未來和出版現況，他聊起詹宏志在遠流出版社當總經理的那段期間，曾經想到不少突破傳統的行銷書籍方法。他買下羅斯福路三段一幢大廈的整面牆，把作家的照片和新書放在大廈的整面牆上，張大春和我的大頭照曾經被他掛在那面牆上很久很久，一直俯瞰著這個我們朝夕相處生死與共的城市。我也是因爲這樣的因緣際會，才決心把自己過去很不關心也不在意的早期小說和散文的版權和倉儲，一口氣全部買回來，放心交給遠流重新出版。從遠流到城邦集團，我們一直都是合作夥伴。當年追隨詹宏志一起工作的年輕菜鳥編輯們，也漸漸成爲出版界的老闆或總編輯。在宴會即將要結束時，詹宏志紅著微醉的臉有些感傷的說，以爲生命還有很多時間去做自己眞正想做的事，怎麼大半輩子老是在爲「別人的」事情忙碌，一晃竟然就六十歲了。在最近的一次訪談中，又有人問起詹宏志爲什麼不再參與臺灣電影的製作，他幽默的回答說：「因爲我對於臺灣電影的配額已經用完了。」

藉著一次比較長的旅行機會，我終於忍不住問詹宏志後來他爲什麼不再參與臺灣電影製作了。他回答說因爲有太多電影的案子來尋求他的協助，他實在無法應付每個人，加上他還有許多新鮮的挑戰在等著他，於是他乾脆讓大家知道他正式退出電影圈。他語重心長的說：「其實每件事情我都沒有比原本那個行業的人更有經驗或更專業，我只是願意像菜鳥一樣，努力用功重新學習，找出自己覺得好的方法來解決問題。其實只要眞心想做，任何人都可以取代我。除非每個拍電影的人想要的只是方便的路，只在乎個人的名利，而不是眞正熱愛這個行業。只要有推動整個時代向前的理想和熱情，你自然就會在逆境中全力以赴，找到出口。三心二意，老是害怕失去什麼或是受到傷害，那就永遠踏不出去了。」

幾年之後，一群在電影界浮沉近十年的菜鳥們，終於成功的踏出了那艱難的一大步，重新振作起來，打開了一個局面。或許因爲這樣的局面又讓我想起詹宏志這個人，他每天在辦公室見許多不同的人，回答著他們提出的各種問題，好像是給病人問診、開處方箋的醫生。他開的處方箋比健保便宜，因爲完全免費。或許因爲他一直處於臺灣各種文化或商業活動的浪頭上，或許朋友之間都很習慣從他那裡「得到」什麼，也覺得這一切都理所當然，他並不需要從別人那兒得到什麼，尤其是鼓勵或讚美。任何給予他的獎賞都只是錦上添花吧。於是我決定熬夜寫下像他這樣一個在戰後出生在臺灣南投鄉下的窮小孩和臺灣電影的故事。

戰後行動派知識分子

他是一個非常活躍又全方位的知識分子。其實在一九八二年臺灣新電影浪潮興起的前一年，當時才二十五歲的他就策畫了一部很特別的電影《一九〇五年的冬天》，認識了年輕的編劇楊德昌。之後他奉報社之命去美國參與了《美洲中國時報》的創立，結識了一群留美的學生和知識分子，包括李安。所以他在後來的編輯及出版工作上，始終非常重視臺灣電影的發展。

一九八三年他從美國回臺北，在中影公司試片間補看了幾部新電影作品之後，立刻認爲這是一場重要的臺灣電影革命，大家一定要堅持和支持下去。所以當《兒子的大玩偶》發生了「削蘋果事件」時，他和當時在《工商時報》工作的主編陳雨航下了很大的決心，在戒嚴的時代，報紙版面非常稀少珍貴的時代，他們火力全開，全力批判執政者。之後，詹宏志又正式發表了一篇重要的文章，在文章中大膽的確立了「臺灣新電影」這樣的概念。他也漸漸從支持者成爲參與者，和這些新導演們成爲好朋友，這些自認爲比較缺乏商業判斷、行銷企畫和尋求資金能力的年輕藝術家們，有了各種難題都會去找詹宏志討論，他鼓勵侯孝賢在《童年往事》之後先拍《戀戀風塵》，他看出來全力支持侯孝賢拍他個人風格的電影是非常重要的，他曾經說：「所有勸侯孝賢向商業市場修正的商人都是在消滅侯孝賢，因爲藝術電影的市場在全世界。」他慢慢有了如何推銷臺灣的新電影，尤其是侯孝賢和楊德昌的作品，打進全世界藝術電影市場上的一套經濟學理論。這是後來他找了侯孝賢、楊德昌、陳國富、吳念眞等人成立「電影合作社」的原因。他企圖把臺灣電影的經濟規模透過國際市場弄大一點。

一九八七年解嚴前夕，臺灣電影界和文化界的一群朋友對於當前許多事情無法再忍耐，由詹宏志執筆完成了一份重要的臺灣電影文獻，就是「臺灣新電影宣言」。在這份宣言中詹宏志正面批判了政府錯誤的電影文化政策，批判了大眾傳播對於電影藝術和文化的歧視，更直接指出媒體上有一群保守的評論者，用落伍的言論阻礙了臺灣正在進步及邁向國際舞臺的新電影的發展。這份宣言的影響力到底有多大我不敢斷言，但是對於催生九〇年代之後政府的「電影輔導金」政策肯定是有的。這個政策後來成爲臺灣電影工作者能繼續拍電影的重要支柱。曾經有不少國內外的電影評論者認爲「臺灣新電影浪潮」始於一九八二，終於這份宣言出現的一九八七，最多再延續到《悲情城市》得到威尼斯影展最佳影片的一九八九。但是，詹宏志卻持完全不一樣的見解，他認爲臺灣新電影最重要的電影作品都跨過了這個界線，侯孝賢和楊德昌在九〇年代都交出了很多作品，例如詹宏志一手促成的《牯嶺街少年殺人事件》。

最近我在整理舊檔案時，找到許多關於我和楊德昌一起討論，並且完成了分場大綱的《牯嶺街少年殺人事件》的相關資料。當我決定放棄繼續和他合作後，他轉而求助於詹宏志。我記得第二天詹宏志和楊德昌來找我深談時，詹宏志剛剛剪了一個頭，是太太王宣一剪的，看起來有點怒髮衝冠。我告訴詹宏志我無法再「陪伴和照顧」楊德昌了，因爲他的下一個計畫太大，脾氣也太大。我沒有說出口的另外一個理由是，我想離開中影了，也想告別電影工作，因爲八年下來我的身心已經無法負荷更多壓力。詹宏志露出了他的招牌笑容，拍拍我的肩膀說：「你放心吧，把他交給我。」從那一刻起，他慷慨接手這個大計畫，擔任製片和策畫工作，解決資金不足的問題，整整耗費五年的漫長時間才完成。沒有錯，漫長的五年。當我在戲院看到這部電影時自己已經告別電影四年。在戲院裡我哭了好幾次，因爲我終於看到了一部在臺灣電影史上最重要的電影之一，而且我知道幕後崎嶇的過程，詹宏志面對比我複雜多了的問題，他都一一承受。

在楊德昌和王宣一都已經不在人世後，詹宏志因爲紀念宣一而重新出版她的作品《國宴與家宴》時，又提起了這段往事。他說楊德昌拍《牯嶺街少年殺人事件》時常常在半夜收工後帶著少數工作人員去他家，兩夫妻都從睡夢中起來招待他們。他心情好時就報告他的領悟和發現，心情不好就罵東罵西，王宣一如果問他吃飯了嗎？他會像小孩子一樣無辜的笑起來搖搖頭，王宣一就會進入廚房像是變魔法一樣，很快就弄出大家可以吃的食物。可見得當初詹宏志要解決的不只是資金，而是用自己的家庭來包容、安慰這個火爆脾氣的電影藝術家。我可以想像楊德昌和夥伴們在深夜喝著一碗熱呼呼香噴噴的湯麵和幾碟可口的小菜，或是一鍋熱騰騰的稀飯配一桌子菜的溫暖感覺。和楊德昌合作拍攝《恐怖分子》時，他也常常深夜來我家敲門，我只能睡眼惺忪的陪伴我心目中的「恐怖分子」去外面找地方坐坐，怕他吵醒家人。比起來，詹宏志、王宣一這對夫妻眞是比我慷慨又有情義多了。

對於詹宏志而言，我認爲他對於臺灣電影的最大貢獻是憑著他個人的智慧、毅力、熱情和愛，把原本眞的可能結束在「臺灣電影宣言」發表那年的「臺灣新電影浪潮」延續了下去，跨越了九〇年代。從最關鍵的《悲情城市》《牯嶺街少年殺人事件》到後來的《戲夢人生》《好男好女》《獨立時代》《南國再見，南國》《多桑》等等，在這些重要作品拍攝過程中，他都扮演了重要角色。甚至當年李安決定是否要拍他的第一部電影《推手》，也都是由詹宏志出面召集臺灣的電影人在他家開會，鼓勵李安接受極低的預算來完成第一部作品。目前國外一些電影評論者在描述「臺灣新電影浪潮」時，漸漸接受了一個新的觀點，那就是這股新電影浪潮從來沒有結束，他們會把李安、蔡明亮、林正盛、張作驥、陳玉勳等導演的作品都算進去，而這些導演們也一直活躍到現在。

戰後的臺灣在文化上像是處於威權、戒嚴、封閉、殖民氣氛下的黑暗迷宮，知識分子總是焦慮的尋找光。我說的正是一個行動派的知識分子終於開始採取了行動的故事。

占領西門町

走投無路的絕境往往逼人走向極端，不是自我毀滅，就是激發驚人的潛能和創造力讓自己繼續生存，改變了自己的未來。

1 絕境

我在西門町看一部低成本非常暴力的電影，觀眾大約二、三十歲，我夾在其中有點尷尬。坐在我旁邊的年輕朋友笑著問我說：「沒想到老師的口味那麼重？」「哈。還可以啦。」我隨口應答。電影描述兩個在酒吧巧遇的老同學因爲正好都陷入人生的絕境，爲付不出生活費所苦。這時出現了一對有錢花不掉的老夫少妻用金錢誘惑他們彼此相殘，激發他們內心最殘暴黑暗的一面，剁手指、生吃死狗，從自殘到殺人。

走出如地獄般的戲院，走進燈火迷離的西門町巷弄，我需要一點新鮮空氣。這眞是一部令人窒息的電影，眞正恐怖的不是因爲處於絕境自相殘殺的可憐人，而是逼迫別人做出暴力行爲的那對有錢有閒的無聊夫妻，那才是眞正的暴力根源。有些暴力是安靜無形的，卻像是空氣一般無所不在令人恐懼，例如威權的控制、不公不義的社會或是制度，有時候逼人走上絕境卻不知向誰求助。我站在西門圓環抬頭看向對面高樓圓柱型電子廣告看板，黑暗的天際間忽然冒出兩個巨大年輕的身影，像兩個救世主一般飄浮在夜空，睥睨著車水馬龍的人間。他們是剛剛才結束占領立法院的「太陽花運動」的核心領袖林飛帆和陳爲廷。

大學生和公民團體占領立法院二十四天後和平落幕，年輕人從立法院走出來接受群眾獻上的太陽花，後來有幾位年輕的紀錄片工作者把他們分別拍到的影片組合成一部紀錄片《太陽．不遠》。雖然政治評論家可以從政治的角度來分析「太陽花運動」的形成，但是能激發出如此澎湃巨大的社會能量，當然是和年輕世代面臨沒有未來和出口的絕境有關係。走投無路的絕境往往逼人走向極端，不是自我毀滅，就是激發驚人的潛能和創造力讓自己繼續生存，改變了自己的未來甚至世界。戲院裡的殘酷暴力電影是前者，太陽花運動是後者，沒有英雄的時代潮流會把一些人衝上了浪潮之上，林飛帆和陳爲廷不是英雄更不是救世主，他們和一般大學生沒有兩樣。

陳爲廷後來返回新竹看到他停在路邊的機車還在，屋子紮好的垃圾袋也還沒有丟。他以爲之前發生的事情只是看了一場很長很長的魔幻寫實電影，觀眾和演員們一起焦慮的等待著結局。

2 自囚

回頭看著西門町圓環的那幢眞善美戲院大樓，忽然想到自己曾經坐在那幢大樓六樓靠窗的角落位子，沿著窗戶有一整排放資料的櫃子。我的對面坐著菸不離手的吳念眞，我們就這樣面對面整整坐了八年，看著灰色的辦公室和灰色的天空，我偶爾坐在櫃子上發呆，那年我才二十九歲他才二十八歲，離開時我已經三十七歲他已經三十六歲。「中年失業，要改行很難了。」一個老朋友有點興災樂禍的說。另一個在這八年中已經從報社小記者幹到週刊總編輯，又娶了美麗明星的好朋友知道我們「終於」要離開中影時說：「哎，你們的人生眞無聊，竟然可以蹲在那種無趣又沉悶的地方八年。哎，太可惜了。」

仰望著占領立法院二十四天後出現在黑暗天空中圓柱型電子牆上的林飛帆和陳爲廷，忽然對我和吳念眞在西門町那間辦公室一蹲就蹲了八年的這件事，有了更接近眞相的覺悟：其實我們兩人在當時先後去了西門町那間辦公室，在某種精神的意義上，我們的確是很有默契的、靜悄悄的反鎖了這家隸屬於國民黨超級電影公司的大門，先把自己囚禁起來，然後把一個個志同道合的朋友拉進來門裡面，這樣的朋友們越聚越多，甚至自由進出、裡應外合。最後我們宣布正式「占領」了西門町，進行一場電影的革命，透過一部又一部和過去不同的電影，經過了一段漫長的歲月，臺灣電影登上了國際舞臺，終於改變了臺灣電影只能在東南亞發行的歷史。

在漫長的占領過程中我們結交了不少同情我們的媒體朋友，也有許多國際友人透過邀請我們參加各種影展來壯大我們，但是我們也遭到反對者各式各樣的羞辱和攻擊。我們曾經想和掌握真正權力的人談判，卻找不到任何管道。記得有一年國民黨在中山樓開黨代表大會，據說有一個我們認識的作家，接受國民黨邀請參加一個國民黨文化工作的研討會，楊德昌很激動的跑來找我說，那個作家表達願意把我們這群人的想法轉達給國民黨文化工作會。我回答說：「這樣太麻煩了，我們靠自己吧。」不久之後，我們一群人就聚集在楊德昌在濟南路二段69號的日式房子討論「臺灣新電影宣言」，詹宏志在陪伴加護病房的父親時找間咖啡店完成了這份宣言。那時候詹宏志說了句很經典的話：「他們有盛會，我們有墓碑。」盛會總會落幕，歷史功過是刻在墓碑上。

八年之後我和吳念真決定離開中影，結束這段漫長的自囚和占領。頭條新聞出來，我從中影電梯走出來時遇到一個資深導演，他寓意深長的笑著笑著，緩緩的說：「哎，一個時代終於結束了。」這句話的意思其實是「你們也占領太久了吧？」離開前我要求和老闆見最後一面，我非常誠懇的把自己的想法告訴他，吳念眞經過門口給我一個手勢，意思是不要再囉囉嗦嗦了。老闆送給我一支鋼筆作爲「占領八年」的紀念，回到家試試寫點心情，發現這支鋼筆寫不出字來。我打電話給吳念眞問說：「老闆有送你一支鋼筆嗎？能寫字嗎？」「有啊，很好用啊，我已經拿來寫劇本了。失業了，總要生活嘛。」

吳念眞和我的友誼一直維持到現在，但是有件心事我從來沒有告訴別人甚至吳念眞，那就是關於「絕境」。我們心裡都明白在上個世紀八〇年代初許多比較敏感的年輕人內心都陷入一種看不見未來的絕望，不是物質上的匱乏而是精神上的痛苦。雖然我們來自完全不同的成長經驗和背景，但是在長期共事時也漸漸看到彼此成長中的悲傷。有一次他翻閱著我十歲的日記，上面有我爸爸寫滿批評的紅字。他掩卷長嘆說：「終於知道你爲什麼如此壓抑了。雖然小時候我比你窮，但是你比我可憐多了。」

自囚是爲了占領，占領是爲了反抗，反抗是爲了想改變世界，我們只想在被自己改變的世界歡笑，靜靜舔舐著過去的悲傷。

3 接棒

離開中影之後我就不曾再踏進那幢眞善美大樓。反而是當初譏笑我離情依依的吳念眞因爲和公司同事標了會，三不五時的回去繳錢，後來又替中影寫了一個電影劇本《無言的山丘》，由王童導演執導，叫好又叫座，像是吳念眞替中影最後放的一次明亮的煙火，之後他就眞的和中影說再見了。除了我一直不知道後來是誰接棒坐在我的位子上，又是誰接棒坐在吳念眞的位子上。直到最近那本《再見楊德昌》的訪問集增訂再版，導演易智言爲這本書寫了一篇序才眞相大白，原來後來坐在我的位子上的人正是易智言。我想起徐立功告訴我的一個笑話。他說有朋友介紹易智言給他認識，那時候易智言正要去ＵＣＬＡ攻讀電影研究所，他一直以爲「易智言」是「一隻眼」，見到面才發現他有兩隻眼，那是一九八三年的事情。那時臺灣新電影運動正開始，他還沒有機會看到就出國留學了。等他學成歸國，所有重要的新電影作品大致拍完，我和吳念眞也已經離開了中影。九〇年代初接掌中影的徐立功就找上了有「兩隻眼睛」的易智言進入製片企畫部的企畫組上班，他用的正是我用了八年的桌椅。

易智言提到當時我的辦公桌的抽屜內留下一些沒有拍攝的劇本。其中一本是《小俠藍領巾》。這個故事是描述平日在教室內被重複的考試所困的一群無聊高中生，到了晚上每個人就繫上一條藍領巾，組成專門打擊因爲在現實社會共犯結構中無法被制裁的大惡魔。人人都可以是超人和蝙蝠俠的概念，彷彿預言了這些年包括洪仲丘事件和太陽花運動的大規模公民運動。這樣的構想後來已經被拍攝成另一部電影《竹劍少年》，當初是由導演張毅和王俠軍提出來，一個擔任導演一個擔任美術指導，他們曾經是一對合作無間的工作夥伴，離開電影圈後張毅、王俠軍和楊惠珊共同創造了「琉璃工房」，從一無所有到自成品牌。後來王俠軍又獨自另創「琉園」品牌，應驗了張毅的名言：「做過電影之後，就沒有不能做的工作了。」

張毅堅持這部電影要由我擔任執行製片和共同編劇，由李屏賓擔任攝影指導。李屏賓當時在中影片廠的職務是助理攝影，雖然已經參加了王童《苦戀》的拍攝，但是僵化的片廠制度仍舊不同意李屏賓擔任攝影指導，所以在拍片現場李屏賓的每個鏡頭都要由公司編制內的攝影師象徵性的看一眼才能往下拍。這就是當時龐大的中影，突破每一個小小環節都要用非常大的力氣，我們的青春往往耗費在這樣的僵化制度中。

易智言回憶說當時我的抽屜裡還有一個由朱天文小說改編的電影劇本《帶我去吧，月光》，這也是當時蔡琴正要發行的最新專輯名稱，楊德昌想同時拍攝一部電影。朱天文從來沒有和楊德昌合作過，結果這次仍然沒有合作成，因爲楊德昌又改變了主意要拍《牯嶺街少年殺人事件》，輪到我和他一起討論劇本。易智言說在後來若干次電影聚會時，他和朱天文都會聊到《帶我去吧，月光》，易智言很喜歡這個故事，曾經想詢問朱天文能否答應由他來完成這部電影，最終沒有開口。

其實在中影八年，吳念眞和我的工作就是不停的想故事，不停的尋找新的導演，我們的默契是自己不當導演也不改編自己的小說，這樣才能讓我們在最短時間完成最多的電影作品。離開中影前我最後的工作就是替楊德昌寫《牯嶺街少年殺人事件》的人物、故事和分場大綱，因爲受不了他的脾氣大吵一架，決定不再管他的事了，離開中影時我帶走了那份珍貴的初版手稿。五年後楊德昌終於拍出一部史詩般的天才之作，很遺憾我無力陪伴他那麼久。

4 打球

「那麼後來又是誰坐了吳念眞的位子？他的抽屜清理乾淨了嗎？」聽故事的年輕人追問我，答案是不確定，因爲座位略有調整。因爲李安進入中影拍片後他的製片團隊中少了懂英語和日語的人，於是易智言推薦了在《影響》雜誌認識的黃志明和楊一峯進入企畫組。易智言單獨一個人靠牆靠窗坐著，楊一峯和黃志明面對面坐。他們兩人之中有一人是坐在原來吳念眞的位子上。他們三個年輕人分別在中影做了三到五年離開後，一直都留在越來越不景氣的電影圈。

進入中影之前，黃志明跟著陳國富辦《影響》雜誌，這本雜誌內容不再局限經典藝術電影，更多的是歐洲美國商業電影的報導，大大開拓了黃志明對電影的視野。黃志明剛到中影後的工作是讀劇本，然後向徐立功報告，後來調去中影製片廠跟著蔡明亮拍《愛情萬歲》，開始了他日後擔任電影製作人的第一步。二〇〇二年陳國富籌備《雙瞳》，把黃志明找去擔任製片，又找了魏德聖當副導演，就這樣，一個後來改寫臺灣電影歷史的先鋒部隊成形了，易智言離開中影之後在二〇〇二年拍了《藍色大門》，也加入了這股重新啓動臺灣電影工業的行列。魏德聖回憶他去中影找黃志明時看他挺悠閒的，拿了一個棍子揮來揮去，好像當球棒在打棒球。我想起剛剛去中影什麼都做不成的憤青年代，每到中午同事們紛紛熄燈找地方睡午覺（有時候是戲院內），我和吳念眞就在隔壁銀行的桌球臺拚桌球發洩過剩精力的時光，那正是我們在革命基地浪擲青春的另一種畫面。

上個世紀九〇年代徐立功接掌中影最大的貢獻，就是持續了「新電影運動」的傳統，每年至少支持一個新導演，從李安、蔡明亮、林正盛、陳玉勳到陳國富，持續了國際影展中的「臺灣熱潮」。和八〇年代興起的「臺灣新電影運動」不同的是這些年輕導演比較單打獨鬥，少了當年新導演們之間的相互支援和扶持，也少了那種爲了革命進行自囚、占領、反抗的悲情，但是那種勇於實驗、原創的精神卻是不輸給八〇年代的電影工作者。尤其是大器晚成的李安在人生瀕臨絕境時才拍了他的第一部電影《推手》，更是臺灣電影史上的奇蹟，再一次印證了絕境所能激發的創造力和潛能是何等驚人，至今他都沒有停止對電影這樣的藝術做出革命性的實驗。

CHAPTER——3

沒有未來的未來

一生若只能有一個職稱，我希望那是作家小野。
因爲「寫作就像呼吸一樣，沒有呼吸我會窒息！」

回顧過去的人生似乎充滿了矛盾：考上公費的師大卻沒有繼續當老師；拿到助教獎學金赴美留學卻選擇提早返回臺灣，寧願忍受別人否定和失業一年的痛苦，一切重新來過。在全臺灣最大的中央電影公司累積了八年資歷，忽然覺悟應該要趁年輕時離開。每一次的放棄和離開，都是因爲相信會有更好的未來在等待我，等待我浴火重生。從一個風暴投入另一個風暴，我永遠像是一個菜鳥，在沒有未來的絕境中尋找出口，尋找自己渴望的未來。

我以爲美好的仗已經打完，沒有想到政黨輪替後的台視和被迫公共化的華視，正在不遠的未來等待我，我所憑藉的武器仍然是寫作。過去任命華視總經理是總統的權力，華視公共化之後的第一任總經理是首度向民間開放求才，雖然免不了許多檯面下的政治角力和運作，但是董事會決定抵擋這一切。我決定接受挑戰是因爲考試的方式有寫報告和面試，都是我最擅長的。讀初中時我的導師金遠勝告訴我，雖然我的學業成績不是班上最好的，但是領導能力、表達能力、溝通能力卻是最好的。我的國文老師朱永成告訴我，我一定會成爲作家。於是我以每天寫一頁的速度進行我的「關鍵報告」。寫作期間聽到許多傳言，說華視對外徵才是假的，各方人馬早已暗流洶湧，人選早就內定。

我一度想終止書寫自以爲「偉大」的關鍵報告，覺得自己太天眞無知，但是我又不想辜負了自己唯一的能力：用寫作來表達自己的理念。我想起老朋友詹宏志在寫「臺灣新電影宣言」時的那句名言：「他們有盛宴，我們有墓誌銘。」喧囂的盛宴過夜隨風而逝，墓誌銘才會永遠留在歷史上，留在人們的心中。於是我認眞的把這份關鍵報告完成，果然在自己人生的旅途中，用「寫作能力」把握了那千載難逢的機會。

我的人生充滿了矛盾，唯一不變的是寫作，寫作才是我眞實的人生。當我在跨越不同領域時常常是一個沒有經驗的菜鳥，但是我卻有一把鋒利不寒光的匕首，在沒有未來的未來中出擊，每一次的出擊都在爲自己寫下新的墓誌銘。

千禧世代大反撲

大選終於在平靜中結束了，少了些街頭上的激情，網路上談論選舉的文章並不多，如果有，也是被動員或是文宣單位創造出來的議題。選民的結構明顯改變了，他們似乎對於那些眼花撩亂的文宣廣告無動於衷，「臺灣一定要改變」的這個決定，已經是理所當然到只要在那一天出門默默投票，甚至猜到了結果懶得去投票。

社會學家分析說這是因爲臺灣的「千禧世代」對這次選舉發揮了影響力，他們左右了結果，奮力一拚把臺灣推向了一個嶄新的時代。有人甚至用「臺灣元年」來形容這一年，大家都說二〇一六將會是非常不一樣的一年。歷史一定會記載大選投票這一天，這一年，或未來這十年。「千禧世代」指的是千禧年（二〇〇〇年）前成長的世代，從滿二十歲的「首投族」到四十歲上下的青年人。這些年輕世代經歷了臺灣第一次和第二次各八年轟轟烈烈的政黨輪替，從充滿希望到絕望幻滅，從絕望幻滅到悲傷憤怒，一路走到今天。從抗議軍中人權的洪仲丘事件到追求土地正義的大埔事件，最後發生了臺灣歷史上不曾出現過占領立法院二十四天的「太陽花運動」，這些事件中一些具有指標性的小人物紛紛組成新政黨加入立法委員的選舉，其中幾個菜鳥年輕人打敗了強大對手，堂堂邁入立法院正式成爲立法委員，這年立法院的故事是由他們來說，這將是一個由「千禧世代」共同創造出來的故事。

這眞是一個嶄新的時代，連我家門口的那條巷子也煥然一新，巷子兩邊先畫上了紅線和黃線，下一步畫出綠色人行道，所有曾經把巷子當成自家車位的車輛瞬間被淨空。連巷子底下的世界也改變了，輸送自來水的鉛管換成不鏽鋼管，中華電信的光纖及第四臺的工程順便一次完成。這才印證了一句話：「幸福不必去遠方尋找，就在自己住的地方。」說來也很無奈，我們住在這裡快三十年了，因爲怕找不到停車位，也因爲環保的理由，我們家的交通工具一直只有一輛腳踏車，很多朋友都不可思議我們把臺北住成了鄉下。直到兒子進入大學，我們才決定買我們家的第一輛小車，從此災難上身。每次車子開回家繞了很久都找不到可停之處，難得停到某處牆邊立刻被噴漆警告，直到發現有付費的師大停車場後才免於恐懼。當初看上這裡是因爲巷子底有一棵五層樓高的大榕樹，經過快三十年的凌亂，才又恢復成沒有車輛霸占的巷口，直接看到那棵大榕樹。其實這才是城市美學的起點，每個大人或小孩走出家門所看到的第一道風景。

一個國家或一座城市的文化水平高低，並不需要走進國家音樂廳或是美術館，往往就在這樣的巷巷弄弄中一見高下。這些年除了巷弄漸漸被重新整理，社區內的小公園和綠地稍稍有增加之外，臺灣的「千禧世代」也改變了一些巷弄的文化和風貌，他們在一些等待都更的舊房舍一樓開起了複合式咖啡店，例如臺北市富錦街、赤峰街、捷運大安站後方等。這些帶有文青色彩的咖啡店除了強調販售自己烘焙的咖啡之外，還有兩樣過去咖啡館不曾出現的東西，一種是符合咖啡店主人品味的書籍和雜誌，另一種就是在窗口掛著反核的旗幟，在櫃臺放了許多NGO團體的文宣和公民運動的訴求文宣，像是一個個提供改革派年輕人串連的據點。這些改變其實已經標示了城市中新舊文化的差異，其中咖啡店裡擺放的「書籍」代表了一種生活上的品味，也象徵了一種對改造社會的期待和對知識的渴望。

有人問我如何教養出有文化的下一代，其實方法簡單不過，就是讓孩子成長在一個充滿「書」的環境中，讓他們在剛剛開始探索外面世界時就知道，這個由人類建造的世界中有一種東西叫做「書」。從前我是這樣對待我的孩子，現在我仍然是用同樣方式對待孫子孫女們。我們家的櫃子裡有非常多的繪本，我不太在意每本書適合閱讀的年齡，因爲繪本上都有圖畫，我可以嘗試用更簡單更淺顯的語言來描述故事。爲了讓他們能更理解一些插畫的意思，我會結合實體的東西或是互動的遊戲。在他們還會撕毀書籍的年紀，我陪伴他們的探索便迫不及待的啓動了，每當他們把書撕裂了，我就立刻用透明膠帶把撕裂的地方補起來。常常一本書貼滿了膠帶，直到他們不再撕書，而且已經會講書中的故事給弟弟或妹妹聽時，也不過才三歲。我希望這是我能給他們來到這個世界上最好的禮物，這才是能夠陪伴他們一輩子的東西。

每當我觸摸到這些陪伴孫子孫女閱讀的繪本上的透明膠帶時，就會想起自己讀小學的時候，爸爸去牯嶺街舊書攤爲我們買課外讀物，爲了怕那些書太破舊會散開，他也是用膠帶把一些快脫落的地方黏住，外面再用牛皮紙包住書封面。由於我仍然保留了小學時代爸爸爲我親手製作的閱讀筆記本，上面清楚記載著我讀過的每一本書和自己寫的讀書報告。從《木偶奇遇記》《小婦人》《戰爭與和平》《愛的教育》《唐吉訶德先生》到《老人與海》。過去我曾經在一些演講中提到這件事，那時候我還沒有孫子孫女。我不但沒有用感謝的口氣描述這件事情，甚至還用一種嘲諷的口吻譏笑爸爸阻止我看同學們在流傳的漫畫，強迫我去讀那些遠遠超過了我理解能力的偉大文學作品，使我有好長一段時間有閱讀障礙。有了陪伴一歲半之後的孫子孫女共讀繪本的經驗後，忽然完全能了解爸爸的想法了，其實他眞正想要引導我的，無非就是對書的接觸、習慣、喜愛和尊重。

這些年我和一群導演和作家們也參與了一些風起雲湧的公民運動，在一次十月十日占領中正紀念堂的行動中，我提議每個人的背包裡放一本書，我們在占領之後原地坐下來看書，進行一場理性的、和平的非暴力抗爭。那天下午烈日灼身，最後我只能帶領少數人在戲劇廳的屋簷下靜靜的讀書，大家還分享了自己帶來的那本書的內容。也許在不可預知的未來日子裡，我們還有機會重演一遍大家一起坐下用閱讀一本書來做非暴力抗爭的浪漫行動。我深深期待著。

臺灣的千禧世代開始改變臺灣，戰後世代的我們如果不想退休，甚至被前進的洪流淹沒，就應該加入改變社會的行列，大步向前進。

加薪很好，有尊嚴的加薪更好

有位總統候選人忽然端出一個乍聽對年輕人是好消息的「加薪政策」，凡是企業願意爲薪水3.5K以下的員工加薪，企業本身可以享用三年時間的抵稅。另外進一步的策略是企業如果願意聘僱二十九歲以下的失業年輕人，企業也可以用抵稅作爲回饋，這位總統候選人承諾將在立法院下個會期就要將這個法案通過。

我不是財稅專家，但是從一般常識來判斷，這樣的加薪和聘用並不符合公平正義的原則，因爲它只適用於一定數額的低薪者和一定年齡以下的年輕失業者，忽略了其他有能力有貢獻的員工和二十九歲以上擁有更好能力的失業者。它也不符合強化企業本身的競爭能力和增加獲利能力的原則，唯有產業升級或是加強公司的競爭力，或是公司的擁有者將過多的獲利公平合理的分享員工，才能實現眞正永久、健康、合理的加薪。這樣的加薪抵稅的政策甚至對被加薪者及被聘用者而言，帶有同情和施捨的意味，少了尊嚴和成就感。

上一代的人走過了貧窮匱乏的年代，給了下一代更多的自由和民主的社會，卻始終沒有認眞去看待年輕人內心渴望的尊嚴和成就感，更甚於他們的父祖輩。前陣子我在抗議「黑箱課綱微調」的現場，一直看到飄揚著的那句話：「只要還有一口氣，都要對得起自己。」我從這樣的一句話中領悟到一種年輕世代不被父祖輩深刻了解的悲情。許多年前和剛剛進入職場的女兒對話時，我不太明白爲什麼她花了許多時間在我看來不必那樣認眞的無用瑣事上，她回答我的話使我汗顏。她淡淡的說：「當我們面對的是這樣一個時代，剩下唯一還能堅持下去的，就是至少要對得起自己。」我遇到過不少年輕人，寧願從一個相對高薪的工作換到相對低薪的工作，理由幾乎都是「反正薪水都不多，至少挑個比較有尊嚴、比較能學習，老闆、同事比較好的工作環境。」

在曾經扮演經營者和管理者的經驗中，我非常注意公司裡年輕員工的潛力和待遇，這或許和我對威權體制的反感，對社會現存的不公不義的反抗有關。我喜歡一種僕人式的領導，由下而上凝聚共識，領導者採取服務全體員工的心情。除了直接調整一些不合理偏低的年輕員工薪水外，面對公司整體結構的大問題，花盡心思在調整員工的職位。我的思考很簡單，把對的人放到對的位置上，不論年紀和背景。在我的印象中，曾經找來兩個在公司中職位和薪水都偏低但頗有潛力的年輕人，我表達要提拔他們成爲重要主管。一個年輕女生接受了挑戰，直接領導所有比她年紀大資歷深的同事們，結果表現相當好。另一個年輕男生卻婉拒高薪高職，明白表示這家公司沒有前途，他只想再做一年之後出國。許多年輕人在乎的不是施捨式的加薪，而是被重用、被肯定、被信任、有尊嚴的加薪，而年輕人更在乎的是工作環境和夥伴。願意接受挑戰的年輕女生咪咪雖然在工作中飽受黑函和謠言攻擊，但是她仍然在槍林彈雨中完成理想之後才辭職離去；另一位「認清事實」的阿木則選擇出國深造，許多年之後在一所大學任教，他選擇了另一種自己喜好的生活和工作。

過去每當我想要推動一些對年輕員工比較有利的改革時，黑函和檢舉從來沒有停止過，偏偏那些既得利益者各有人脈和管道，當他們自身利益受損時從來不反省自己，反而試圖尋求各種關係介入和反擊。改革越是艱難，我越相信這個社會需要的是實現「世代正義」和「轉型正義」，徹底解決分配不均的結構問題，讓新世代的年輕人覺得英雄有用武之地，這才是他們想要的未來吧？

世界已經改變

1 從戰壕進入城堡

當我答應去有「天下第一家」之稱的「臺灣電視公司」報到前，對台視當下狀況一無所知。當時的我，在十年大量寫作之餘，還答應去一家地下電臺主持每天晚上一小時的節目「小野家族」。那種感覺正像是一場最大規模的登陸戰結束，「反抗軍」正式擊敗了「政府軍」宣告占領島嶼，大家陶醉在勝利的狂歡中，有功人員論功行賞分封受爵，大量加入戰鬥的「童子軍」們（泛指才三十歲出頭的野百合世代，五年級中後段班，開始活躍於每個角落）忽然湧進總統府，開始「學習」如何運作一個國家。而已經快要五十歲，屬於戰後世代嬰兒潮的我，依舊躲在戰壕內對空鳴槍，看著火藥在夜空中如煙火般燦爛又寂寞的綻放。二〇〇〇年在臺灣發生了一場奇蹟般的中央政府政黨輪替，來自民間草莽的小小民進黨竟然打敗了已經執政半世紀，集黨政軍勢力於一尊的大大的國民黨。當時社會結構並沒有太大改變，因此改革勢力和舊勢力眞正的近身肉搏戰才正要開始，開始在每個機構或角落持續展開。

當時占據影劇版面最多的正是「臺灣電視公司」，因爲政黨輪替人事改組像烈火焚城般狼煙四起。少數占領者和絕大多數被占領者之間隔空交火，原本躲在戰壕內的我並沒有興趣知道這些八卦，直到我忽然接到了一通電話。新上任的年輕而高大的總經理直截了當的詢問我是否有意願加入這場激烈的的混戰，感覺這場混戰已經有點失控，再亂下去就一發不可收拾了。有個熱心的年輕編輯告訴我，她在美國留學時認識的一個臺灣同學叫做咪咪，在幾年前考進這家電視臺節目部當小企畫：「也許我可以替你打探一下裡面的戰況。」不久之後，年輕編輯回答我說：「我替你問了，咪咪正好是你的讀者，她讀過你很多書，她勸你千萬千萬不要進去，因爲裡面太複雜，不是你這樣的老實人可以應付的。」「你的同學咪咪果然是我的讀者，她認識的我是書上單純善良的我。」我心存感激，至少咪咪沒有藉此先來攀點關係，反而勸我不要去。這是咪咪給我的第一個不錯的印象。

2
我只知道逆境反而會給我神奇力量

咪咪並不知道另外一個我，比較擅長在逆境中突圍，並不適合處在一路勝利成功的順境中。順境會讓我得意忘形，輕易跌落各種陷阱中而不自知。逆境往往能讓我發揮極大的忍耐力和極堅韌的持續力，力求生存的意志會激發我的創意和勇氣，等待一場石破天驚的突圍。曾經有過的八年「電影公務員」生涯可以解釋這一切，而期待我能進台視助他一臂之力的年輕總經理說服我的理由正是：「我希望你能把當年帶動『臺灣新電影浪潮』的精神也帶進電視界，我會全力支持你。」

其實我並沒有受過任何電視專業訓練，我也從來沒有受過任何電影專業課程，就像我也沒有受到過正統的文學薰陶。如果把大學課程和畢業後的職場經驗、出國深造加起來可以算是專業的話，我的專業勉強可以塡上「生物老師」，我後來眞正用上這項專業的只有短短三年，其他的職場生涯反而是從文學到電影，十年後再到電視。我是一個百分百的菜鳥。面對我這樣一個電視菜鳥而言，大部分的人都在等著看好戲，少部分的人磨刀霍霍等待見縫插針欺負我外行。只有曾經和我經歷過「臺灣新電影浪潮」的老朋友對我一直抱持著信心，吳念眞告訴記者說：「我很了解他，他不會受任何人控制，他清楚自己在做什麼。他一定會用收視率來取得大家的信任之後，開始做他真正想做的好東西。他是一個很實際的人。」柯一正告訴那些對我充滿疑惑的記者說：「你們太不了解他了，越混亂越黑暗的地方他越能發揮。難道當年像是國民黨的情治單位的中央電影公司還不夠恐怖嗎？」

3 衝動的決定

來到台視的第一場活動除了大陣仗的來了許多電影界好朋友站臺的記者會之外，就是公司內部的交接典禮；相形之下，前者人氣十足盛況空前，後者像是進入了一個冷凍冰庫，是兩個全然不同的世界。在大會議室中，剛剛掌兵符的總經理向節目部各組的組長、副組長宣布正式由我負責節目部。卸下職位的是一位非常資深的電視新聞主播，從小看電視新聞時天天看到他。我想這陣子他忍受著尊嚴被踐踏的痛苦，終於忍不住挖苦了一句說：「哦，原來你們找來了一個明星。」臺下坐兩排的組長和副組長們都面無表情低著頭，連最起碼的笑容和掌聲都沒有，氣氛凝重到使人窒息，事情怎麼演變成像敵人相見分外眼紅的尷尬，甚至對立？大環境的驟變使得人人自危，而一個傻傻的作家卻闖進城堡。「他能幹什麼？」熟悉複雜電視圈生態的人提出合理的懷疑。

當下我就知道自己做了一個衝動且錯誤的決定，以我的年紀和狀態是不該答應這樣複雜的火線工作，咪咪的建議其實是正確的，我只是被推上了火線擋子彈，什麼時候陣亡就看我的造化和能耐。如果我沒有走進這裡，我仍然是個立場超然的作家，這些面無表情的主管們也許都能成爲我的好朋友，他們也各有專業和能力，我們大可不必用這樣尷尬的方式見面吧？許多年以後我終於完全了解這是因爲外在的「政黨輪替」造成內部集體的恐慌，還有內部長久以來累積的鬥爭結構，一批人上一批人下，下的人忍耐著等待上的時候，就這樣上上下下忐忑不安熬到退休。

我懷著後悔莫及的心情，感染到公司瀰漫著的忐忑不安，從會議室走向隱藏在最角落的「節目部經理辦公室」，在光線昏暗的長長走道上看到了一個約莫三十歲的年輕女孩，她一臉笑意的和我打招呼：「我是你的讀者呢，看過你所有的書。不過我剛剛才辦了年休要去旅行，所以兩個星期之後再見囉。」這是我在垂頭喪氣時看到的第一個笑容，我問了她的名字，原來她就是咪咪，那個傳話叫我千萬不要來的人。她看起來並不太起眼，也沒有什麼化妝打扮，簡直像是這部門裡的工讀小妹，走起路來晃啊晃的，有一種不在乎的叛逆。這是她給我的第二個深刻的印象。我非常洩氣的走進灰色調冰冷的辦公室，一股寒意從腳底一直冷上來，連脊椎都被冰凍了，我好想逃離現場。

4 流氓教授

資深的企畫組長曾經做過導播組組長，據說在攝影棚內是個霸氣十足的火爆浪子，可是和我接觸時卻是個井然有序、條理分明的幕僚。往後的日子他天天進來向我報告一些正在進行的事情，他看我有點六神無主，終於忍不住告訴我：「其實你只要穩住八點檔連續劇的收視率，你就穩住自己的位子了。所以你現在趕緊去找一組你信任的人馬，趕緊開始籌備你的八點檔。至少要籌備半年吧。」

我認識的朋友都是拍電影的，我不認識電視人。於是我採取公開向外徵求製作公司提企畫案，從許多企畫案中我漸漸理出了一個不同於其他電視臺八點檔，我把台視長期經營的國語連續劇轉型成閩南語連續劇，每部連續劇都凸顯臺灣歷史上的某個時代。當時有兩家電視臺已經非常成功的經營閩南語八點連續劇，收視率已經達到當時台視的十倍，所以當我提出這樣的策略時，反對的人居多，更何況我想走的是比較有歷史文化內涵的路線。「由此證明，這個新來的作家是個電視門外漢，完全不了解電視生態。」公司內部同事們有了這樣的結論。

我承認我並不熟悉電視生態和運作，是徹頭徹尾的菜鳥，所以我對所有來提案的人和團隊都沒有成見，但是我知道我的大方向，我想藉由八點檔重建被忽略的臺灣歷史和社會，過去在電影工作上我做到了。結果我挑選到一組沒有製作過八點檔的閩南語製作團隊，如果用過去的標準來評斷，他們只能做下午冷門時段的低成本閩南劇，他們是製作公司中的弱勢團體，他們向我提出一本傳記體小說《流氓教授》的改編計畫，我憑直覺，我要的正是這個。

我要用自己的方式來做，用不同的形式、內容和品質來和其他兩家電視臺的閩南語劇區隔目標觀眾。我想到的前導預告片非常另類：光線照射進監獄裡的棉被，上面只有一句詩，充滿自信的預告，完全不灑狗血。我運氣眞好，在籌備過程中總是有好心人給我各方面的意見，好的編導和好的演員不斷加入劇組，這部連續劇完全聚集了所有正面能量，收視率奇蹟似地一路攀升，終於在最後一集拿下所有電視臺八點檔的冠軍。

我沒有讓《流氓教授》成爲長壽劇拖下去，我想改革電視生態，我讓另外一部以日治時期抗日的農民組合爲背景的《望鄉》接檔，收視率又跌了下來，之後再慢慢爬升，接著我又換上以日治時期藝妓文化爲背景的《江山樓》和王拓小說改編的《金水嬸》。如果我熟悉電視生態，並且坐享勝利成果，應該讓難得的超高收視率的《流氓教授》一直拖延下去成爲長壽劇，至少故事中的流氓還沒有變成教授。從商業經營的角度來看，我可能做了錯誤的判斷。但是從改革八點檔惡性循環的角度來看，我並不後悔。

5 我需要有求生和求勝意志強烈的夥伴

雖然我已經不再年輕，但是我的求生和求勝意志依舊旺盛，我必須在我的團隊中迅速挑選出求生和求勝意志最強烈的人和我配合。我密集的約談許多部門主管，從他們的回應中交叉比對，再配合一些善意的記者提供我一些分析報告，終於做出了在大家心目中最瘋狂的決定，我決定啓用企畫組最資淺的咪咪成爲企畫組的組長，讓一個替大哥大姊跑腿的小妹級角色成爲大哥大姊的主管。在和同事的訪談中知道，有留美碩士背景的她，是最後一批考進台視的員工，原本在節目部負責綜藝節目，剛剛才因爲一個整人的綜藝節目被公司記過又記功。記過是因爲「節目內容不妥」被一再警告，但是因爲收視率衝到同時段第一名爲公司極少數有高收視的節目，於是又記功。據說她充滿爭議性，個性叛逆而任性。

別人口中的缺點成爲我心中的優點，因爲她的執行能力和戰鬥力正是現階段我最需要的年輕搭檔。當我把這樣的決定告訴總經理後，思慮周密的他竟然也豎起大拇指說：「讚！我支持你的決定。」有個朋友對我提出了忠告：「你的決定太躁進，也太冒險，因爲你提拔了最年輕資淺的人，等於放棄了其他人，電視工作很繁重，你不能只有一個追隨者。」我心裡明白，只有這樣，才能重新啓動一場和其他電視臺的激烈戰鬥。

這個人事命令的發布像是投下了一顆震撼彈，大家解讀的簡單理由是新的時代流行重用「童子軍」。另外一個解讀的理由是在人事公布幾個月之後我才知道的，那個理由反而像震撼彈般震撼了我自己。二二八那天，二二八紀念館有一個受難者代表的銅像正式揭幕，那是二二八發生時代表民間和長官公署談判的議員王添燈的銅像，他在談判後被槍決。平時對政治話題非常低調的咪咪正是王添燈議員的孫女，他們祖孫還長得非常像。知道這件事後，我很激動的對咪咪說：「你要爭氣呀，因爲你有一個了不起的阿公。」她笑咪咪的點頭。雖然最初我不是因爲這樣的理由選擇了她，但是冥冥中我看似瘋狂的決定好像是歷史的宿命和必然，我有點慶幸自己做了這樣的決定。就像我去台視報到不久，看到過世十年的大作家王禎和遺留下來的辦公桌，不忍他生前的才華被公司忽略，我立刻著手進行拍攝王禎和系列小說的大計畫。這些憑著自己的認知和直覺所做的決定，現在回想起來，有點像是在提早實現自認爲的「轉型正義」。

6 脫下皮鞋換上球鞋，走進群眾裡

要贏得勝利就要拿出全力拚搏的決心，要徹底了解觀眾的想法，直接走進群眾裡面。我在自己的辦公室透過公司剛剛才架設的官網直接回答觀眾的詢問，並且把自己私人經營的個人新聞臺「小野家族」也連結起來，在二〇〇〇年網路家族才剛剛有「部落格」的時代，這樣的做法已經很先進，我也要求員工這樣做。有一次我要求一位同事趕緊寫一份對外新聞稿，她轉身打電話吩咐製作公司的公關人員寫，我非常生氣說：「這樣太慢了，我來寫吧。」我開始在公司打掉外牆的廣場上密集舉行各種行銷節目的活動，我直接跳上桌子上用麥克風像推銷員一樣叫賣，並且說著笑話。我突兀的舉動出乎大家的意料之外，私底下同事們竊竊私語：「以為新來的經理是一個斯文的作家，沒想到他是跑在第一線的超級推銷員。他都這樣豁出去喊了，那我們該怎麼做？」「跟著我做呀。」我總是跑在第一線，並且召喚大家。

在一次又一次的大型活動中，我們逐漸尋找到許多願意追隨的年輕人，包括公司內部的、製作公司的和臨時招募來的志工。在網路上、在街上、在市場、在夜市，努力傳播節目要上檔的消息，在北、中、南到處奔波的戶外大型演唱會上，大家手拉手維持秩序。有同事哭著抱怨：「我們是在做電視，怎麼弄成像在辦演唱會搞選舉，要我們每天拋頭露面的，簡直是外行領導內行。」我在會議中一再表示：「我知道你們認爲這樣的活動對節目收視率的提升效果有限，我也知道。但是，現在我們公司最需要的是對工作的熱情和求勝的意志。我們要趕緊擺脫失敗主義的陰影。把皮鞋換上球鞋，流著汗手拉著手，走進群眾裡面。我們要找回士氣，創造一股氣勢。我不要躲在辦公室吹冷氣打電話的員工。」我故意公開稱讚那些願意放下身段和我南北奔波的年輕人，也許在過去他們在公司裡是很不被重用的人。

7 世代差異和包容

在非常強調倫理、輩分的公司文化裡，同事們眼中的咪咪是個沒大沒小很自我的年輕人，她和我相處的方式也不像長官部屬的關係，倒是更像父女。後來她承認會成爲我的書迷，是因爲我在上個世紀九〇年代一系列的親子書寫安慰了她對失去父親的悵然。每次她走進我的辦公室常常還在用手機講電話，有時還笑得很大聲，坐在沙發上時常常像是回到自己家那樣自在。我曾經要求她進我辦公室和我討論公事時，要暫時不接電話，因爲這樣很沒有禮貌。她竟然直接說她沒有辦法，因爲她怕漏掉任何訊息，她顯然強烈缺乏安全感。「其實你有點過動傾向。」我曾經這樣告訴她：「不過，正適合目前繁重的工作，這反而是優點。」

我包容了她這樣桀驁不馴的個性，因爲她的優點是反應迅速，擅長解決問題，這樣的能力對我而言已經足夠了。我可以把許多天馬行空的想法告訴她，她夠聰明而且熟悉電視的生態和操作方式，能把天馬行空的念頭在有限的資源和選擇下變成可能。印象最深刻的一件事情是當公司財務部門爲了利潤，大幅縮減節目預算時，咪咪提出了一個解決問題的策略：找一家收視率已經很高的有線電視臺合作拍片，由台視首播，有線臺隔週再播。公司各部門都反對，認爲這樣會壯大有線電視臺。我其實也看出無線臺逐漸被有線臺趕上的窘境，採取務實的策略支持了咪咪的想法。因爲守住每個時段的收視率，炒熱自己頻道比什麼都重要。從此這樣的模式成爲後來所有偶像劇的合作模式，維持了好長一段時間的榮景。

二〇〇〇年臺灣電影工業幾乎崩盤，人才流向了廣告界和電視界，只剩公視的「人生劇展」給年輕電影人練功的機會，華視推出柴智屏製作的《流星花園》成功的爲偶像劇打開一條新的路線，三立電視在不久之後也成了偶像劇王國。但是我眞正想要的是更接近社會更寫實的戲劇，大量結合有想法的電影人才，共同打造一種全新的本土偶像劇和文學作品改編的迷你劇。柯一正導演的《逆女》、鈕承澤導演的《吐司男之吻》、蔡岳勳導演的《名揚四海》和王禎和文學作品改編的三部迷你連續劇（劉議鴻的《嫁妝一牛車》、瞿友寧的《兩隻老虎》和陳坤厚的《香格里拉》）在品質上超越了當時一般電視劇的水準，也得到不少國內外的電視大獎，公司內部的士氣也大大提升。正當更多包括張作驥、林正盛在內的優秀電影工作者紛紛來向我提合作案，我也以爲我們即將創造臺灣電視界的「文藝復興」時，公司的業務部和財務部不停向總經理反映，這些太花錢的本土製作靠廣告回收是不划算的，不如去買很便宜的韓劇降低成本，這樣每個月財務上才能有盈餘。

8 我會再回來

我強烈感受到總經理面對董事會要看「經營業績」的壓力，終於「心不甘情不願」的在業務經理的陪同下飛去了韓國，臨上飛機前負責購買外片的部門的韓劇迷給我一份韓劇分析報告，我果然用了很低的價格買到了《玻璃鞋》和歷史劇《商道》。可是我有個不祥的預感，如果把韓劇放在八點檔獲得收視率的成功，也許我們贏得了業績上的利潤，可能引來韓劇大舉進攻，我們輸掉的是文化自主權。事實證明我的預感是正確的，之後的幾年，打開電視頻道，韓劇正式盤據許多無線臺八點檔的頻道，之後是大陸劇。當臺灣的電視臺已經沒有能力製作更優質的連續劇時，所有的電視頻道宣告淪陷。

不過這些都和我無關了。因爲後來公司內部各種謠言和黑函從四面八方襲捲而來，咪咪成爲箭靶。公司稽核部門在董事會要求下正式啓動羞辱式的調查，雖然調查沒有什麼具體結果，我知道來自公司內部的鬥爭和外部的干涉已經啓動了，歷史一再重演，不因爲政黨輪替而有所改變，這眞是不幸的結果。我一再被董事會約談，他們強烈暗示我，如果要保住自己的「位子」，只要我願意換掉咪咪就好，因爲有些人非常不滿意她。我過去只有被長官出賣或是被部屬背叛的經驗，不可能爲了自保而犧牲部屬。畢竟我是一個可以靠自己在家接工作的人，所以我斷然拒絕撤換咪咪。後來咪咪也知道了這件事，立即提出辭呈，試圖讓這場鬧劇結束，以免大家繼續被羞辱。不過這場鬥爭並沒有因爲咪咪的離開而結束，新政府的黑手蠻橫的介入電視臺的人事，我清楚知道，該是我離開的時候了。最後的結果是，總經理、咪咪和我先後離開了這個是非之地。離開時我懷著對理想幻滅的憤怒心情，告訴幾位年輕的同事說：「雖然結局如此殘酷，但是環境允許，只要我的熱情尙在，我將會再回來。」

幾年後，我實現了對自己的承諾，透過寫報告和口試，重新回到剛剛成立的「臺灣公共廣播集團」，我和當年一起離開的總經理再度重逢，重闢新的戰場。而咪咪離開台視之後，陸續轉戰了三家有線電視臺，從東森綜合臺的頻道總監，跳槽三立電視臺當節目的監製，最後又去了TVBS。那正是有線電視臺的戰國時代，三家最早的無線電視臺經歷了死亡交叉，廣告業績開始走下坡，華視公共化，台視、中視由政府和政黨手中轉交民間經營，電視頻道重新洗牌，電視節目弱智化的傾向一發不可收拾。

9

理想和夢想

雖然咪咪後來也離開了電視圈轉戰文化產業，但是基本上她算是一個很徹底的電視人。而我不是，我並不知道自己該「屬於」哪個領域？我一直處於摸索和突圍的狀態。我永遠格格不入的闖入一個全新的領域，一陣天翻地覆之後離開。「天翻地覆」才是我最渴望的東西，因爲我是一個想改變世界的人，改變世界才是我內心最渴望的理想。戰後嬰兒潮世代是生長在戒嚴的強控制時代，四周環境雜亂無章而且落後，物質上貧窮匱乏，精神上極端壓抑，這樣的極端時代培養出兩種極端人格特質的人：一種是內化成威權保守屈從，形成了維持舊有秩序的共犯結構，有些人成爲保守的既得利益者，更多人是時代的犧牲者；另外一種便是不停的藉由反抗企圖改變世界，有些人因此爲自己爭取到一片天，有些人一輩子抑鬱而終。我生命中唯一持續最久的工作是寫作，我在作品中不停闡述著遙不可及的理想，寫作對我而言就是呼吸。所以我越來越清楚自己是爲了實踐理想而繼續呼吸，繼續活下去。所以我一直在尋找和我一樣有叛逆、反抗傾向的戰友。

野百合世代的咪咪算是一個眞正的電視人。我曾經問她如何看待自己這份工作。從小就迷戀電視的她，一直有一個單純的夢想，就是希望製作許多電視節目，天天給觀眾帶來歡樂、療癒和情緒宣洩的出口。因爲對於大部分會準時坐在電視機前面的觀眾而言，他們都是在辛苦工作或是一成不變的生活中尋找一點休閒、娛樂慰藉的勞苦大眾。電視人的夢想就是能源源不絕的提供觀眾這些東西。這個夢想並沒有多偉大，但是卻讓她樂此不疲的日夜工作，從過程中也得到極大的快樂。

她說不管去哪家公司上班，她永遠把自己當做是一個「不忘初心」的菜鳥，因爲只有菜鳥才會凡事充滿新鮮感，會想嘗嘗各種方法和各種可能。菜鳥不相信解決問題只有一種方式，因爲成功的經驗往往會成爲下一次成功的絆腳石，誤以爲那是成功唯一的途徑。不完全依賴經驗法則，每件工作都當成是第一次面對，重新認眞思考，該冒險就冒險，該挑戰就挑戰，該衝撞體制和舊習就衝撞，勇於嘗試別人沒有做過的事，才可能有一次比一次精采的創新。

10 世界已經改變

那個由童子軍和菜鳥所創造出來的新時代早已一去不復返，許多當年意氣風發不可一世的英雄們，陸續被不斷往前的時代巨輪輾成歷史的灰燼早也已經無人聞問。但是他們曾經留下的種種破壞和創造，如同泥地裡的養分，緩緩滋養了另一個新時代的來臨。而我們有幸見證、目睹了這一切，心情不再那麼狂熱和興奮，取而代之的是另一種欣慰和篤定，因爲世界已經改變。而我們要改變的反而是一成不變的自己，是不相信世界會更好的自己。

西瓜上路——一個人的時候，最不寂寞

看完《太陽的小孩》試片走出來，外面竟然下起大雨，早已習慣了這樣炙熱和多雨交替的天氣，如同早已接受了理想和現實的必然。走在曾經工作打拚了八年的西門町，仍然像是走在迷宮中始終找不到出口，也許熟悉和陌生並存的矛盾和焦慮，才是最眞實的人生。

看完《太陽的小孩》之後，工作人員要我講一些推薦的話，他們說剛剛作家張大春才開口就淚崩了。這是一部描述一個阿美族的母親，決定從工作的臺北返回東部的部落重整家園的故事，入場券還特別設計成一張返家的火車票。電影中發生的故事正是臺灣這些年的縮影，許多畫面和對白是那麼的熟悉，坐在我旁邊的幾個年輕朋友一路淚崩到字幕出現，偶爾也有快樂的笑聲。我在推薦時說，對我而言有兩個鄭有傑，一個是非常年輕就以《一年之初》奪得臺北電影獎百萬首獎的電影人，另外一個是曾經和我們站在一起完成了七百天一百場「反核四、五六」運動的公民運動者，這部電

影正好是兩個不同的鄭有傑合而爲一。我在推薦時始終是微笑著，因爲這兩、三年在自由廣場的肥皂箱上演講時已經淚崩太多次了，眼淚的配額用完了。

坐在我旁邊一起欣賞這部電影的觀眾，正是我在這場「五六運動」中陸續認識的一些志工們，他們都稱自己是「五六志工」。在這場運動之後如果相逢，我總是會關心一下他們現在過得如何。雖然我們的年齡算得上是老中青隔了三代，但是七百個不算短的日子使我們更像是一起讀書的同班同學，見了面就像是開同學會。有些人已經離開學校進入了民間的改革團體，有的在街頭抗爭之後決定回學校把研究所的課程修完，有的人回到社會扎根，有的人從老師的職務上退休，在一些機構裡繼續當志工。有個正在大學讀史學系的五六志工，他正在向別的志工報告他在九月初要進行的環島旅行，他說他要一個人騎著摩托車，帶著三張椅子和簡單的行李出發去各地做肥皂箱的公民論壇，主題是歷史課綱的演講和討論，計畫在每一站找三個在地的講師做短講。

我只知道這個孩子叫做西瓜。我每次去到自由廣場時天色已暗，在昏暗的燈光下我看不太清楚在廣場上的每一張臉，但是我卻知道他們絕大部分是我們的「同路人」，都是走在「同一條路上」的人。在每個星期五小週末的夜晚，放棄了其他的娛樂，「溫柔堅定」相互陪伴在在冷風冷雨的大廣場下，一定是有相同想法和熱情的夥件。西瓜是在二〇一四年三一八占領立法院的太陽花運動之後加入了五六運動的，他很快就成了我們的主持人之一。站上十二個肥皀箱在廣場上對著臺下陌生人說話並非簡單的事，年紀很小的西瓜在這場持續很久的戶外運動中，受到了很大的衝擊，他告訴我說在這之前他和絕大部分的臺灣學生一樣，腦袋裡只有75級分，但是在這場運動的公民論壇中使他見識廣闊，把原本心中對國家社會的愛，由一面抽象的國旗轉爲對土地的承諾和實踐。

他在讀大學時每週一次回到宜蘭的母校私立中學指導室內樂團，他主修中提琴，也會拉小提琴，是那種被父母從小全力栽培的小孩。他每半年到一年存夠一筆錢就環島旅行，他走出都市的水泥叢林，看到眞正有山有海的臺灣，他也愛上了廟宇文化和民俗陣頭。在二〇一五年五月他以大學生的身分協助高中生進行反黑箱課綱的行動，當高中生占領教育部前廣場時，他向五六運動借了肥皀箱在教育部旁邊進行了五天的歷史課綱公民論壇，因此結識了一些長輩和老師，這些人也成了繼續協助他進行環島課綱街頭公民論壇的活動。他這樣用苦行僧的方式是希望透過這次的環島論壇，鼓勵各地的老師們和高校生們可以繼續下去，能夠持續關心教育的議題。他說未來他要當一個歷史老師，因爲教育才是國家社會的根本，沒有正確和好的教育內容和制度，再好的經濟基礎和社會結構仍然是會垮的。

在戲院裡，西瓜告訴坐在他旁邊觀眾席的其他志工這個計畫時，有個志工不可置信的問他：「你就一個人騎著摩托車去呀？」「是啊。就一個人，」西瓜笑著說：「一個人很好。」我忽然很激動的說：「一個人可以安靜的面對自己，面對孤獨，這時候反而可以好好的想想。我很少有一個人的經驗，在生活上我從小到大都有人照顧食衣住行，一個人生活的經驗其實非常重要。」我開始想像西瓜一個人披星戴月的騎著摩托車，上面載著三張椅子，背上背著標語牌的畫面忽然很感動，這樣的畫面不可能出現在我們那個思想被控制，社會全力發展經濟，凡事講求功利、有用和成功的戰後世代。西瓜後來在我的一則標題是「一個人的時候，最不寂寞」臉書文章上留言：「一個人不寂寞，我知道所有夥伴都在各地等我。」

一個人走在西門町的騎樓下，雨勢越來越大，偶爾也淋到一些雨，其實我很享受這樣肩背頭髮有點雨水的感覺，那樣使我瞬間有一種回到青春的錯覺。當我走到成都路時已經確定不遠處的捷運站便是迷宮的出口了。我忽然不想立刻離開這個充滿了記憶的迷宮，我被一股力量牽引著，跨進了歷史悠久的南美咖啡，走上二樓卸下了滴著雨水的背包和雨傘，點了焦糖瑪琪朵和檸檬派。我忽然想到「一個人的時候，最不寂寞」這樣的句子，因爲我很少有一個人獨處的經驗，因爲我知道通往理想的道路上有許多人同行。從過去，到現在，還有未來，我想走的路始終只有那一條。「希望很快可以走到回家的那一天。」西瓜在上路前這樣告訴我，這是我們剛剛看完的電影《太陽的小孩》的主題。

二十三歲，會不會太年輕？

有心理學家分析，現在的年輕人是「晚熟世代」。從前大部分的家庭受限於窮困的生活和貧乏的資源，父母親養不活眾多兒女，許多年輕人早早就進入社會打拚，早早成家立業，他們被迫學習付出和承擔。當這些年輕人有了兒女之後，基於補償心理或是使命感，他們很容易過度保護兒女，提供他們足夠的金錢和物質，但是也過度期待兒女們完成自己在成長中失落的東西，於是造就了目前很普遍的晚熟世代，甚至啃老族。

這樣的分析的確有足夠的事實爲基礎，但是造成年輕人普遍缺乏人生目標和工作的驅動力並非只有前述的理由，另一項殘酷的事實是，當下一代的年輕人漸漸進入社會之後，發現這個由上一代人集體努力打拚（也許用汲汲營營、短視近利、爲生存而掠奪別人的利益更接近事實）的「社會結構」對他們是極不友善的，甚至用不公不義和僞善虛無來形容更貼切。整個社會瀰漫著在表面上高舉凡事都依賴道德倫理法治，事實的眞相是弱肉強食、分配不均，甚至重回世襲階級的結構，物質垃圾、精神垃圾和資訊垃圾充斥在生活中的每個角落，如同日日夜夜從實質信箱和電子信箱傾洩而來的廣告單和垃圾信，我們還得花時間丟棄或刪除。在這樣巨大無法撼動的社會結構中求生存的年輕人往往會有一種快窒息的恐懼。

根據一份由《青春共和國》雜誌公布的問卷調查顯示，年輕人最恐懼的便是找不到適合的工作，以及低薪使他們沒有獨立生活的能力，國家定位模糊和社會結構的問題更使他們看不到自己的未來，這樣的恐懼不只存在於二、三十歲的年輕人而已，因爲資訊的傳播，其實已經向下滲透到高中生，甚至於國中生了。這些因素反映在近年來越來越蓬勃發展的公民運動中，直到洪仲丘事件和太陽花運動達到最高峰，之後立即從體制外的反抗直接影響了體制內的大選結果，除了傳統的藍綠兩大勢力之外，代表第三種勢力的白色力量崛起，白色力量是由原本沒有政黨忠誠度的中間選民加上絕大部分的年輕世代所組成，以臺北市來說，幾乎已經可以和藍綠兩大勢力形成三分天下的局面，這樣的巨大改變極大可能影響二〇一六年年初的大選。

這次大選中除了增加了第三勢力的新政黨之外，最令人矚目的便是來自太陽花運動的研究生曾柏瑜投入了新北市的立委選戰。二十三歲的曾柏瑜畢業於政治大學社會系，目前就讀於臺灣大學社會研究所。她來拜訪我尋求推薦時態度不卑不亢，言談舉止間流露出「太陽花世代」（容許我用這樣有點簡化的稱謂）獨特的自信和眞誠，這是讓我最欣賞和欣慰的特質。我曾經在立法院內親眼目睹了這些二十多歲的學生們如何組織和動員，如何在內外交迫和煎熬的困境中穩住陣腳對外發聲，上電視政論節目中和名嘴激辯爭取理解和同情，曾柏瑜在當時便扮演了這樣的核心角色，她是整個運動過程中的媒體發言人，在運動陷入危機處理時仍然能冷靜應對，清楚表達學生們的想法。我只問了她一個問題：面對如此巨大的對手，選舉經費來源是什麼？（這是我們這個世代的思考方式，務實但是不夠浪漫。）她笑著說用媽媽替她存下來的新臺幣五十萬元嫁妝和一些小額募款。

其實在很早以前，我就收到十年前和我共同發起「千里步道運動」的黃武雄教授的一封信，他附上一篇萬言書分析臺灣民主政治的發展和歷史，認爲臺灣終於走到了一個相對理性的「講道理的時代」了，他覺得臺灣的民主發展中徒有「立場」，缺乏溝通、講道理和論述，使得民主只有形式但缺乏實質內容，只有立場沒有論述的民主把整體社會引領向無法前進的泥沼中，藍綠爲自身立場而惡鬥，棄人民於水深火熱之中，竟然要靠一群想要講道理的年輕人勇敢挺身而出，以非常激烈的手段占領立法院，逼迫那些只有立場不想講道理的大人們聆聽他們的想法和理念，他們只能用這樣的方式，才能喚醒其他年輕人及願意相信他們的大人們。年輕人用「太陽花運動」證明了上一代的大人中，就是因爲有太多沉睡不醒或是麻木不仁的人，才允許少數掌握權力和資源的惡魔們毀了國家和社會的未來和希望。如果從這樣的角度分析上個世代的大人們，才是眞正的晚熟或是不熟世代。

我告訴曾柏瑜，不畏強大勢力勇敢投入選戰，用不一樣方式打場漂亮的選戰，爲年輕世代尋找另一種改造社會的可能和出口，也爲自己尋找理想和出路，這個過程其實已經贏了。眞正的選舉結果只是一時的，眞誠、理性、勇敢的實踐過程對年輕人的啓發才是永遠的。如果你問我二十三歲會不會太年輕？我可以非常確定的告訴你，現在十八歲的臺灣年輕人都有可能比他們的父母親更聰明更眞誠更勇敢，二十三歲一點也不年輕，是該挺身而出的時候了。

其實，我眞正想說的不是選舉和政治，而是年輕人的志氣、勇氣和實踐。

太在乎別人的眼光，卻不在乎別人的內心

你是不是常常覺得自己活得很不快樂，而且也抱怨沒有朋友關心你？人的煩惱、焦慮、痛苦有很多時候是因爲你太在乎別人如何看待自己，太在乎自己沒有達到別人的期待，尤其是父母師長，甚至同學和同事。但是，你太在乎別人看待你的「眼光」，卻根本不在乎別人的「內心」，這極可能是你一切不快樂的源頭。愛的對立面不是恨，而是「不在乎」。愛和恨是一個銅板的兩個面，而「不在乎」是連銅板都沒有，因爲你的內心沒有別人，也因此你對別人的苦難、需求、渴望全都視而不見，你只看到你自己。

許多年前，我受邀參加了一個由政府舉辦的大型活動之後的檢討會，大家輪流發言時對這次的活動有褒有貶，承辦活動的執行長是個自視甚高的年輕人，他瞪大著眼睛一一反駁著每一個批評意見，強烈表現著自我防衛的心情。我基於自己曾經是這個活動最早的創建者，很溫和的表達了自己當年的初衷和經驗，沒想到這個年輕人竟然

失控的開罵了起來，大意是說我跟不上時代，我的觀念太陳舊了。他口氣毫不留情，我當下覺得很錯愕。如果我也是個對自己沒有信心的人，我可能會忍不住脫口而出說：「你算什麼東西？你知道我是誰嗎？」

我沒有這樣說。我反而起了悲憫之心。我看到了他的「自我」在迅速膨脹，他的「恐懼」吞噬了他的心靈，使他的情緒近乎崩潰，一時失去了理性。我只默默的望著那個罵完我的年輕執行長，我明白他的恐懼，因爲他害怕失去這個執行長的位子。還好我沒有罵出那句粗魯而自卑的話，因爲他不是「東西」，他是「人」，而且也是個很能幹、認眞的人。

他當然知道我是誰，在他眼中的我，其實只是一個威脅不到他利益的人而已，無所謂尊重和輩分。如果面對一個能決定他命運的人，他一定會低頭求饒、屈服的。因爲一個能輕易羞辱別人，不在乎別人內心感受的人，面對威權反而更容易屈膝，這是我長年在職場上的心得。

我很同情的望著這個年輕人，心裡想，你用這樣的態度生活和工作，你一定很不快樂，而且會失去很多朋友。會議結束後，他的主管要他向我道歉，我眞心接受了他的道歉，後來在他有需要時仍然幫助了他。我給他的忠告是：「不要太在乎別人的眼光，反而要在乎別人的心。不然你將來會很辛苦的。」

一年後他果然失去了那個位子，據說他在被宣布解除職務時曾經苦苦哀求主管，但是一切都來不及了。

你自由了嗎？你自由了嗎？

如果你問我，人活著的時候，什麼是最珍貴的東西？我的答案很明確，是自由。自由是一種非常抽象、看不見又摸不到的東西，但是卻又那麼眞眞實實的存在著，如影隨形不離不棄的，從你誕生的那一天起就時時刻刻分分秒秒叩問你：你自由了嗎？你自由了嗎？

或許你會舉出生命中聽起來比「自由」更珍貴的東西，例如健康的身體、足夠的財富、美好的親情和愛情等，但是如果你無法用自由的心來面對健康的身體、足夠的財富和豐富的情感生活，這一切一切原本是美好的事物，都將成爲你無法承受的沉重包袱。如果你的身體很健康，但是你卻被許多煩惱所綑綁，憂鬱煩惱不斷侵蝕你生存下去的意志，你甚至會希望自己是躺在病床上的病人，至少還有人安慰你、照顧你。足夠的財富給你帶來的不一定是快樂和安全感，你可能要花更多的心神去處理財富消失或增加的忐忑不安。情感也是，它也可能給你帶來許多負面的情緒，甚至摧毀你。

如果你能眞正擁有自由的心，包袱將不再是包袱，反而成了你身體的一部分。你來去自如的背著它，一點也不覺得沉重，甚至因此覺得更壯大。這時候你才眞正能夠享受到擁有健康、財富、情感的快樂。

我曾經覺得自己是個很壓抑、很不自由的人。我曾經非常羨慕一個比我年輕十歲的學者朋友，他一向我行我素口氣傲慢，乍看起來是那種被大家討厭也不在乎的自由之人。他才華洋溢、個子高大、長相俊美、家世良好。也因爲在各方面的表現傑出，從來不缺獎項和榮譽，例如傑出校友、傑出青年、傑出貢獻等。或許正因爲如此，和他聊天時都是聽他在抱怨朋友，批評同事，認爲這個世界太不公平，連那些不學無術的人都可以當上部長、校長、院長，他似乎擁有我最缺乏的自信。許多年前我擔任一個協會無給職的主席，我四處尋覓可以共事的夥伴，我找上了他。他和我見面的第一句話竟然是：「你憑什麼當主席？」我沒有生氣，反而像做錯事的小孩向他道歉說：「我也不知道，本來不想做，但是大家都說總是要有人犧牲奉獻吧？」在他面前我很自卑。

他果然展現了他非常自私（而不是自由）的一面，先是要求更改組織和他的職務名稱，再談判年薪，並且要求帶助理和祕書，之後便透過老助理和小祕書來和我溝通，企圖推翻協會原來一些傳統，弄得協會雞犬不寧。一年之後我終於擺脫了這個有責無權的象徵性職務，回歸自由之身。而他繼續在協會中興風作浪罵遍所有人，連我也不放過。最後他終於當上了有薪水的主席，幹了兩年之後因爲財務不清被董事會趕走。他的敵人越來越多，當然他自己也越來越憤怒。恢復自由後的我後來又在一些機緣中回到職場，每次都會接到他的關心電話，信誓旦旦表示願意追隨我，和我一起打拚，我學會敷衍他，掛了電話就忘記他。終於他在電話那端歇斯底里的非要和我見面不可，說要向我請教一些「人生的道理」。

我們就約在我任職的華視附近的咖啡館，他見面第一句話又是：「你到底憑什麼可以坐上這個位子？你到底認識誰？介紹一下給我認識。」我也用相同的話回答說：「我也不知道爲什麼？本來不想上班，我自由慣了。許多人勸我一定要出來收拾這個殘局，總要有人犧牲奉獻吧？所以我就參加考試，最後我考上了。事情就這麼簡單，我不屬於任何政黨。更沒有什麼靠山和背景。」或許我的話激怒了他，他覺得我句句都在諷刺他。分手前我很誠懇的告訴他說：「論才能、論外表、論家世、論人脈、論靠山，你都比我強，我一直很羨慕你，直到和你一起工作之後，我終於發現其實你很可憐，你是一個能把快樂的事情弄得不快樂的人。你的心很不自由，因爲你被自己強大的野心和欲望所囚禁。你把自己囚禁在自己一手打造的牢籠裡自怨自哀。和你在一起的人都會倒霉，因爲你會想盡辦法把別人拉進你的牢籠裡一起哭泣。上次你把我關進你的牢籠裡，我好不容易才逃出來。這樣，你聽懂了嗎？你要先自救，成爲內心自由的人，別人才願意和你在一起。」他終於痛哭起來，我忽然覺得自己不再自卑。

你自由了嗎？你自由了嗎？如果你沒有自由的心，世間所有原本幸福美好的事物反而成了你的牢籠，囚禁你一輩子。而我也正不停奔跑在通往自由的道路上，這是我這輩子都要學習的功課。

必敗之役——斑龜是怎麼來到大巨蛋的

這是一場華麗、浪漫、悲壯的必敗之役，為什麼我會成為指揮者？我曾經想當拯救家園的亞瑟王，結果發現自己更像是出現在大巨蛋裡的那隻本土斑龜。

1 勇士vs騎士

窗外的雨如織般的下著，在孫子孫女來報到之前，我打開了電視。緯來體育臺正同步轉播著NBA的總冠軍賽第五戰，已經三勝一敗的金州勇士隊，這一戰即將在自家球場痛宰表現疲軟的克里夫蘭騎士隊，在如癡如狂的球迷同鄉尖叫聲衛冕成功。球評們一面倒的預測，除非小皇帝詹姆斯有令人驚嘆的、神乎其技的演出，對騎士隊而言這是場必敗之役，因為在NBA的歷史上從來沒有一隊在三敗一勝之後逆轉為總冠軍的。

就在這樣的等待中，我忽然想到了兩個原本完全不相干的東西：一個是被媒體罵成如同廢墟的臺北大巨蛋，一個是被前董事會形容爲捧著金飯碗乞討的中華電視公司，它在十年前加入「臺灣公共廣播集團」，十年持續虧損找不到停損點。二〇一五年夏天董事會終於通過一個「華視新媒體中心」五年計畫，希望重建一個可以靠租貸爲主要收入的主題旅館和文創大樓。這個計畫在外界批評爲不務正業的壓力下暫停。

如果把這兩個乍看起來似乎是「無解」的東西結合起來，加上周邊的重要歷史建築如臺北機廠（未來的鐵道博物館），再把過去臺北市的縱貫鐵路的路線（現在的市民大道）沿途的產業文化園區串起來，成爲一個更大更新的可能。這個計畫在十年前因爲在華視公共化後，遇到經營上的瓶頸時，我曾經提出來和大家討論過。當各界痛斥大巨蛋停工一年後成爲鳥類築巢、烏龜現身、野狗流浪的大爛蛋時，我想的卻是件浪漫的事情。我們可以對大巨蛋目前的狀態做簡單的生態調查，了解是哪一種鳥類會去築巢？哪些植物種子容易生長？烏龜爲什麼出現？人類的思考往往從自己的本位和需求出發，反而限制了自己的想像。

記憶回到十年前紅衫軍上街頭的那一年，那一年我已經五十五歲，是我自己定義的人生初老。

2 金老師提醒我的三種能力

五十五歲是一般人平均退休年齡。爸爸生前認為我天分不高努力也不夠，可是大半輩子的運氣都很好，「不務正業」卻總是抽到上上籤（正業就是在中學當老師）。所以他語重心長的對我說：「如果你到了五十五歲都維持這樣的好運，一生就都是好運了。」其實他用五十五歲作為標準是因為人通常到這年齡就從職場退休，開始享受人生了。偏偏我人生一直背離常軌，五十五歲這一年我準備去應徵一份不曾做過的工作：華視公共化後的第一任總經理。我在二〇〇六年的農曆年前接到董事長的探詢電話，說有很多人推薦我，希望我能參加徵選，寫一份字數不拘的報告書和接受所有董事的面試。讀初中時金老師曾經提醒我要珍惜自己的三種能力：表達能力、溝通能力和領導能力，這三種能力曾經被爸爸譏笑說是因為我成績退步，老師安慰我的話。寫報告和面試對我其實很有利，我把報告當成一篇很長的文章來寫，一種散文體的分析報告書。

於是我藉著農曆年的到來，安安靜靜的開始寫作，我給自己出的題目是「我的關鍵報告」，我給未來的華視定位是「最能反映臺灣主流價值，振興臺灣影視工業，以優質節目站上全球華人舞臺的公共電視臺」，「華人」是關鍵字，這和我在台視的節目策略並不完全相同。當年身心受創的離開臺灣電視臺後，其實已經有退隱之心，但是對於在台視的未竟之業也有點遺憾。兒子、女兒相繼出國深造，我的空巢期出現了。掌握權力的欲望和經濟壓力都不足以再推我出去工作，眞正讓我決定參加「徵選考試」的除了是「想要改變世界」的性格外，爸爸的五十五歲預言也在召喚我出擊。

3 關鍵報告中的關鍵字

關鍵報告的第一段主題是「當時代已經改變」，「改變」是關鍵字。我指的是從二〇〇三年SARS風暴及政治上的藍綠對決之後，媒體生態的巨大改變。我用的是看似矛盾、衝突的案例，從其中找到未來的公共性。我舉的例子分別是大愛電視臺的八點檔、蘋果日報的大舉入侵和蔡康永、林志玲的崛起。這三個矛盾的現象給我的啓示是：（一）八點檔連續劇不必要用重口味灑狗血的方式仍然可以有高收視率，（二）蘋果能快速攻占媒體市場是因爲它完全沒有臺灣原來的黨政軍包袱，它用靈活的市場調查和互動獲得勝利，（三）蔡康永和林志玲的爆紅，反映了一個新的消費群崛起，他們大約是十五歲到四十四歲，他們出生、成長於解嚴後，他們重視自己和別人的不同，嚮往自由自在的生活，能接受新的事物和大量資訊。

基於以上的觀察，判斷未來華視的八點檔連續劇應該以大眾化勵志、喜劇和紀實劇情爲主的路線，搭配更多有創新、具有社會意識的偶像劇。（後來陸續推出以臺灣中小企業爲背景的《寶島少女成功記》和曾經創下全國收視率第一名的《歡喜來逗陣》，以及叫好叫座的偶像劇如《換換愛》《美味關係》《花樣少年少女》等。）讓新聞節目回歸記者的專業、自主和尊嚴，我提出的順位是財經消費、科技醫療、運動休閒、生態環保、文化藝術，拒絕政治攻防的新聞和八卦報導，完全排除任何置入性行銷。（後來在華視新聞時段建立一個強調公平正義和消費者權益的單元，報導推出後不斷接到政府部門的關切，或是要求立即改善。）綜藝節目排除所有變態、歧視、整人的內容，排除任何置入性行銷，推出具有益智、健康、歡樂、互動內容的節目。（後來把一個原本很成功的歌唱競賽節目《快樂星期天》改變型態，走進大學校園，挖掘不少有潛力的新秀，及一些新增的公益性綜藝節目如《快樂有夠正》和《圓夢計畫》等。）

我在交出這份關鍵報告後，順利通過九位競爭者的初、複審，進入最後三人的決審面試，在所有董監事起立鼓掌的期許下，我終於以菜鳥之姿，帶著不切實際的高度理想，接下了這份重責大任，卻是我個人一場悲劇的開始。

4 穩住，不要衝動

我的熱情和樂觀在於我的無知和天眞，在踏入華視之後我終於相信自己已經投入了一場「必敗之役」。我知道迎接我的是以下五個陷阱：（一）公司原來嚴重的財務虧損，（二）公共化後所有員工提前結清退休金的巨額銀行借貸，（三）公共化後董事會對華視的嚴格商業限制，（四）主管機關違背承諾不編預算，（五）華視和公視之間的各項磨合造成華視員工的不滿。我面對這五個陷阱，決定先解除第五個，因爲作爲領導者，我最不能忍受的是在員工之間瀰漫著被欺壓的委屈感，那只會顯示我的無能。如果我無法排除員工這樣負面的情緒，我就應該離開我的位子。

於是我決定做一件事後連自己都覺得不可思議的事情：我在立法院教育委員會召開的一場會議中提出嚴重抗議，我抗議董事會把華視和公視新聞部合併的政策所造成一連串的失序和混亂，這是在內部無法解決，把內部問題外部化的方法，這是我在中影公司工作時領悟的方式：背水一戰的突圍，寧願死在最後一搏也不要坐以待斃。我用力拍了桌子後離席，渾身發抖的走到門口，情緒完全潰堤，抱著一個頭上綁著抗議白布條的男人痛哭失聲，那個男人不是華視員工，而是「臺灣公共廣播集團」另一家電視臺要面臨被裁員的老員工，其實他們要抗議的事情和我無關。這是非常荒謬的畫面，一個總經理抱著不是他的員工的男人痛哭失聲，只因爲那個男人頭上綁著抗議白布條。

十年後回想這樣的畫面，我把過去自己成長的負面記憶全部都串連了起來，就像是一場成功的心理治療：我本來以爲我是爲自己的員工而哭泣，其實更可能的原因是我爲自己過往曾經被欺壓、被暴力相向、覺得世界充滿不公不義的記憶而哭泣。只因爲那個男人頭上綁著的白布條瞬間觸碰到我內心深處的悲傷。我想起初中那個因爲我不參加他在自家的補習而將我數學考卷丟在地上羞辱我的高大的男老師，我想起高中時衝下講臺痛毆我的國文老師，所有那個時代發生在學校內許多不公不義甚至黑暗的事情，一直隱藏在我的靈魂深處，當所有負面的情緒和能量被引爆後，我就會不顧一切的攻擊我認爲正在對我施暴的人，甚至願意同歸於盡。我覺得自己才是恐怖分子。

果然在不久之後召開的董事會中，我面臨了董事們輪番的炮火，一致結論是導向我已經「不適任」繼續當總經理了。這時距離我報到大約才八個月，八個月前同樣的一群人曾經對我起立鼓掌，或許此刻他們看到的才是「眞實而完整」的我。被激怒的我正要站起來向董事會提出辭呈時，有人拉住我，並且遞了一張條子給我，上面只有六個字：「穩住，不要衝動！」他是坐在我身邊唯一的員工董事小巴。董事會結束前學法律的董事長做出了一個很理性而正面的決定，他要求由董事會組成一個專案小組徹底研究我所提出的問題，並且尋求解決之道，後來這份精采報告成爲日後相關合作平臺的參考，問題也得到了初步改善，而我這個「不聽話的小孩」繼續留校察看。兩年後當我的任期屆滿時，小巴把「穩住，不要衝動！」這張字條和那天立法院的通行證製作成一個紀念牌送給我，紀念那一場不可思議的「玄武門之變」。若干年後，當柯文哲市長從超高人氣陷入他執政的最低潮時，我也送給他這六個字，希望他能在自我反省後重新調整腳步，讓當初理想依舊得以實踐。

5 硫磺島必敗之役

克林伊斯威特把《硫磺島之役》拍成兩個版本，一個版本是勝利方美軍的觀點，另一個版本是失敗方日軍的觀念，雖然戰爭必須有勝敗，但是對於人生更有意義的啓發是面對勝利和失敗時的策略和態度，克林伊斯威特在日軍版本的電影中，把重點放在日軍面對必敗之役時的理性和沉穩。在立法院的「玄武門之變」後，我學習面對一場「必敗之役」的心情，千萬不要因爲求勝心切而提早陣亡。

我開始調整策略，把電視所有頻道排列在黑板上，研究頻道群組的不同屬性，配合公共廣播集團整體的特色，讓自己扮演成功的守護者，拖延戰鬥時間等待援軍到來，同時也提出大巨蛋和華視周邊形成一個更大的文化園區的可能性，這才是眞正的援軍，最後成功不必在我。經過了一年的調整，園區計畫因爲難度太高被暫時擱置，但是華視每個月整體收視率卻成長了百分之五十，在二〇〇八年下一個總經理接任後達到最高峰。我留給下一任總經理的禮物是全國收視率第一名的八點檔《歡喜來逗陣》。但是最不幸的是在我離開華視一年後，由於政黨再度輪替，藍綠陷入極荒謬的惡鬥，臺灣公廣集團董事會成員互相控告，下一屆董事會一再難產，陷入混亂的五年。

在這場「必敗之役」中，因爲我急切的想克服所有的障礙尋求突圍之道而傷害了不少人，其中有人爲了報復我而努力寫著黑函，我用一種自以爲幽默的方式寫信給對方說：「請你盡量寫，那會鼓舞我的士氣，而且也請你同意將來可以將你的黑函出一本書。」對方竟然很認眞的回答我說：「如果你要出書請全文照刊，不得刪減。」那一刻我終於恍然大悟，對方是非常認眞在寫黑函的，他的痛苦比我深，我應該包容他並且原諒他。十年後我也眞心想向所有在那場「必敗之役」中被我傷害的朋友深深一鞠躬，請原諒我因爲自身的痛苦所引爆的一連串連鎖反應，最終的結果是兩敗俱傷。

我承認自己不是帶領圓桌武士想要重建家園的亞瑟王，更不是王子復仇記中的痛苦王子，我只是那隻出現在大巨蛋裡的本土種斑龜。

6 等待奇蹟

我原本以爲這個悲傷故事已經結束了，但是十年後大巨蛋的停工使得這個故事又能繼續說下去，而且整個時代又再翻轉了。就像後來騎士隊不但在勇士隊的主場擊垮了勇士隊，之後又以雷霆萬鈞的氣勢連續贏了兩場，創造了在NBA總冠軍賽以三敗一勝的戰績落後的情況下連續贏了三場逆轉奇蹟。有個幽默的官員在被議員問到對烏龜出現在停工的大巨蛋有什麼感覺時，他的回答竟然是有祥和之感。是的，一片祥和，當烏龜出現時奇蹟就快要發生了。最近在一次難得的聚會中，大家圍著圓桌討論未來的所有可能，臺灣公共廣播集團又將有新的想像和願景，我也要向曾經有過的痛苦和內疚正式告別。

作爲電影之城——請你不要隨便叫我導演

作品如果具有實驗性和原創性，在票房上失敗了仍然有價值。作品如果因爲模仿抄襲而獲得巨大利益，並不值得鼓勵。因爲實驗和原創是向前看，模仿抄襲是向後看，我們永遠要向前看。

——小野《一個運動的開始》

1 奠基的第一代電影人

作爲電影之城，臺北是有資格的。在中國大陸和香港的華語電影尚未崛起的年代，因爲有新加坡和馬來西亞這兩個華語電影市場作爲後盾，臺北一年大約可以生產兩百部華語電影。臺灣曾經是世界第三大電影輸出國。那時候曾經有位導演可以同時拍三部劇情長片，有位編劇每個月要交出一個電影劇本，三個劇本的酬勞可以買到一幢三十坪三房兩廳的公寓。大家都說西門町的一個電影看板如果掉下來，就會打到三個導演。上個世紀的七〇年代末期我有幸搭上了這樣三房兩廳美好時代的最末班車，只花了三天三夜就寫完人生的第一個電影劇本，不過立刻被退了貨，對方說：「如果你用這樣的速度寫劇本，全臺北的劇本都給你寫好了。」那個人當時是劇組的副導演，他叫做侯孝賢。後來我陸續寫了幾個劇本，幫家人買了房子，自己卻選擇出國去攻讀分子生物學了。然而臺語電影也在這段時間漸漸式微。

2 一個運動的開始

作爲電影之城，臺北是有資格的。因爲在上個世紀的八〇年代初期，臺灣的電影界掀起了一股新電影浪潮運動，一群非常年輕的導演崛起，他們的電影作品強烈反映了對臺灣歷史和社會的關懷，語言也趨向多元。已經不再只是提供星馬地區的市場，反而走上了國際，有幾位導演在重要的國際影展嶄露了頭角，許多國際人士透過這些藝術電影認識了臺灣。我很幸運，從頭到尾參與並且見證了這股浪潮的起起落落，也因此認識了許多才華洋溢的年輕電影工作者，若干年之後他們漸漸成爲年輕人崇拜的電影大師。每個大師都曾經是年輕的學徒，他們比同輩學徒認眞、勇敢、執著，堅持走自己的道路。我親眼見證了他們的堅持。

3 充滿實驗、原創精神的電影節

作為電影之城，臺北是有資格的。臺北除了擁有大量熱愛電影的年輕人，也越來越適合成為拍電影的城市，除了不斷改變的城市面貌，也有專屬的協拍機構。十八年前臺北終於有了自己的電影節，那是一九九八年陳水扁市長任期的最後一年，或許是為了替連任之路創造聲勢，傾全力推出了強調實驗、獨立、創新精神的臺北電影節。為了鼓勵新生代電影工作者，百萬首獎排除了商業劇情電影，只限定給拍劇情短片、實驗電影、紀錄片、動畫片的工作者，通常都是非常年輕的電影工作者。我很幸運沒有錯過這個盛會，被朋友們推選為第一屆電影節的主席。我們說服陳國富出任執行長，他請來年輕設計師林洲民做舞臺及空間設計，請來劉開設計電影節的巫婆標幟，請來藝術家鄭在東設計限量會增值的藝術品倒立人形當獎座。我們建立了非常叛逆、顛覆、原創的實驗風格。

永遠記得一件事情，那就是當我們開始對外招募工作者時，有個學校剛畢業的年輕人只問了一個問題：「請問，這個電影節是只辦一屆，還是每年都有？」我的回答是：「其實我們也不確定。唯一能確定的是，如果我們能辦得轟轟烈烈，誰也擋不住。如果辦得很糟，誰也不敢再辦。」「如果連你們都不能確定，我就不考慮了。」那個年輕人說完就走了。當時我直覺是世代差異，我們習慣一切都不確定，習慣從無到有，習慣機會要靠自己創造。結果那一年陳水扁敗選，馬英九上臺，電影節卻一直辦到如今的第十八屆。第二屆臺北電影節我在臺上致詞時說：「我們一定要相信，政治或權力都是暫時的，只有文化會是永遠的。」

4 電影工業的復興運動

臺北電影節誕生在臺灣電影最谷底的一九九八年。在谷底的臺灣電影工業年產量跌到十部以內，每部票房在新臺幣一百萬以內。在電影工業瀕臨瓦解的十年之間，仍然有許多年輕人沒有放棄這個行業，我對於這些年輕人有一種特別的敬重，因爲他們要忍受的是和我們那時代不一樣的考驗。沒有中斷的臺北電影節，正好一路陪伴著這些年輕人走著這條艱難的道路，許多在當時參賽或得獎的年輕人，成爲日後電影工業復興的中堅分子。

以二〇〇八年在臺北電影節首映，並且拿下當年百萬首獎的《海角七號》作爲這一波電影工業復興運動的指標性作品，應該是大家公認的，因爲它創造了五億以上的票房。不過從歷史的演進來看，正式啓動這場運動的應該提前到二〇〇二年，那一年曾經擔任臺北電影節執行長的陳國富找來黃志明、魏德聖，結合國際資金拍了在當時少見的鬼片《雙瞳》，創造了新臺幣八千萬的票房，也開啓了未來臺灣電影要走向類型片的先河，魏德聖也是在這一年向黃志明提出了極有爆發力的《賽德克・巴萊》的構想。同年易智言拍的《藍色大門》在票房和類型上都有突破。到了二〇〇三年吳乙峰的紀錄片《生命》在戲院上映，竟然成爲當年度最賣座的國片，帶動紀錄片可以上戲院的風潮，同年李道明導演在臺北藝術大學成立培養編劇導演的電影創作研究所，爲日後逐漸蓬勃發展的臺灣電影提供了人才。所有事情都是有跡可尋。

所有曾經具有突破性的革命，都不可能是瞬間爆發的，所有被成功創造出來的風潮，都要有一些願意默默耕耘，甚至犧牲個人利益的人出現或成爲領導，在相互扶持中完成任務。眞正的革命家是把革命本身當成是生命的價値和生活的意義，把革命當成是一種個人的品味和享受，他們可以把名利放在一旁。但是更多追隨著革命家革命的夥伴們，只是想在一場又一場改變歷史的革命中獲得自己的名聲和利益，有時候他們貪婪的嘴臉和行爲比他們要改革、推翻的人更醜陋。我們往往無法在歷史發生的當下確認誰是眞正的革命家，誰又是貪婪醜陋的追隨者，只有漫長的時間會讓這一切眞相大白，只要你活得夠久夠老。

如果要問我已經走了十八年的臺北電影節存在的最大意義是什麼，我會肯定的告訴你，當初我們就是想尋找在國際上和在臺灣最具實驗性和創造性的電影作品，我們想鼓勵的是那些眞正的革命家，因爲他們通常都很寂寞。

5 請你不要隨便叫我導演

作爲電影之城，臺北越來越有資格了，現在好像全城的年輕人都想要拍電影，想當導演，哪怕拍的只是短短的微電影或是學校功課。我常常在咖啡店聽到鄰座的年輕人談著拍片計畫，他們聊起崇拜的導演都是我熟識的老友或新朋友。有些年輕人拍了一部不錯的短片得了一個獎，在他們小小的圈子裡就可以享有盛名，如果年輕導演完成一、兩部反應良好的劇情長片，就會迅速竄起成爲一方之霸，有了許多追隨者。這是一個很容易成名的行業和城市。

所以臺北又恢復了昔日的電影盛況，臺灣第四代導演正式上場，他們在不同類型電影上做出大膽實驗和創新。在西門町一個電影招牌落下來，又會打到三個導演，和三房兩廳時代不同的是，這些導演可能都很窮，一輩子都買不起一間小套房。最近我忽然很怕去西門町，我很怕被掉下來的電影看板打到。因爲越來越多的年輕人見到我時，會「尊稱」我一聲「導演」，那只會讓我渾身不舒服，這表示對方是亂喊的，他一定不認識我。因爲在我過去所有做過工作中，唯一沒有做過的就是導演。

我沒有把那次銀行公益廣告片的導演經驗算進去。當初客戶本來是想邀請楊德昌當導演，大概雙方沒有談攏，製作公司就說服客戶把我硬「抬」出來表演處女秀。我的導演工作只是想劇本、寫對白、畫好分鏡表，製作公司搭配給我的都是已經當過導演的剪接大師廖慶松和攝影大師陳懷恩，在拍片現場更有製作公司老闆親自替我喊開麥拉，從頭到尾我是戴上墨鏡躺著「演」超級大導演。當「超級大導演」過癮一次就夠了，所以我從來不認爲自己是導演。

其實年輕人叫我導演並不奇怪，至少他們隱約知道我好像和電影有點關係。我那個已經走上電影導演之路的兒子曾經告訴訪問者：「我之所以選擇了電影，是因爲不想和爸爸走相同的路。」在他的記憶中我是在家寫作的作家，從來沒有上過班，更沒有做過電影。等到他眞正走上了這條路遇到了比較資深的電影工作者，好像每個人都曾經和我一起工作過，甚至曾經是我共事很久的老同事。怎麼會這樣？後來兒子又改個方式回答訪問者：「我以爲我爸爸沒有做過電影，後來才知道他在還沒結婚前就開始做電影，在他很年輕時就做完了電影，那時候我還年幼無知，更不知道爸爸他們做了什麼。」

兒子沒有用「離開」電影，而是用「做完了」電影，這之間的差別就是我曾經告訴他說：「因爲在那八年的電影公務員生涯中，能做的，該做的，我們都盡力了，再蹲下去是浪費生命，我寧願把多餘的時間留給家人。」做完電影回到家裡時我才剛滿三十七歲，三年後比我小三歲的李安在他三十七歲這一年，以極低的預算和極短的時間完成了他人生的第一部電影，開始了他一路攀登高峰的電影事業。同樣的三十七歲，卻是不一樣的人生道路。在一次和李安對談的場合，主持人開玩笑的問：「你一定很嫉妒李安吧？」雖然我也配合當時的氣氛回答說：「是啊。」

事後再想，應該用「尊敬」更接近。我一點也不嫉妒他的成功給他帶來的名利，因爲那些東西也會帶來無盡的壓力和包袱。我尊敬他那種永遠重新開始挑戰新類型的勇敢，永遠謙虛的回到菜鳥心情，追求實驗和創新。

其實我越來越嫉妒的反而是我自己，嫉妒我陰錯陽差誤打誤撞，竟然都沒有錯過每個關鍵時刻，親身參與了開創的過程，那都是人生最值得懷念的美麗風景。

6 大師的老師

十八年之後我又換了另一種身分，返回當初自己參與開創的「臺北電影節」，享受著暌違已久的不吃不喝兩天看完七部好電影的文青追影時光。這時我才眞正發現三十七歲那年雖然「做完了」所有能做、該做的電影回到家裡，但是內心從來沒有離開過電影，我透過各種方式和臺灣電影藕斷絲連，一直到現在。我曾經在離開中影之後替趙傳寫了一首歌〈離開〉表達當時一些情緒：「這樣的日子我不願意再忍受，再拖一分一秒都讓我覺得太多，我不願意變成一個行屍走肉，把自己從一場風暴中拯救出來……當一切的紛亂像大雪般飄落地面，當一切的不安像寒流般從身邊掃過，我已經離開。向過去的年代告別，重新尋找生命和靈魂的出發點。」

情緒歸情緒，許多年以後我才知道我不但沒有離開電影，甚至也從來沒有離開過風暴圈。我們所處的社會一直在紛亂和不安中演化，各種風暴從來沒有停止過。我一次又一次的走進風暴裡，忍受著風暴的摧殘，卻也享受著風暴的洗禮。原來我生命和靈魂的出發點正是風暴，從一個風暴走出來，然後再走進另一個風暴。我並不安於那種坐以待斃任人擺布的寧靜，那會讓我漸漸窒息，所以我又再度接受召喚重新回到風暴中心。

電影節主席李屛賓曾經在中影製片廠擔任攝影師，他從助理升上攝影師是《苦戀》和《竹劍少年》，而我正好擔任《竹劍少年》的執行製片和共同編劇，導演是來自《光陰的故事》的四大寇之一的張毅。李屛賓來自制度嚴謹的製片廠，他提醒年輕人不要忘記傳承這件事，畢竟每個現在的大師都曾經是過去的小徒弟，每個小徒弟都有啓蒙的老師。他建議給那些曾經是過去的幕後開創者一些參與電影節的機會。他們希望由我引領四位眞正的上一代幕後技術工作者上臺擔任頒獎人，我想到「大師的老師」這樣的尊稱來介紹他們。

7　山上教書做實驗寫劇本的好日子

四位「大師的老師」之中正好有一位就是引我踏入電影圈的導演賴成英，現在八十五歲的他是攝影師出身，十四歲之前是生活在日治時代，舉手投足之間頗有日本紳士的風度。他的電影攝影作品《養鴨人家》《秋決》等拿下過金馬獎，後來升任導演後拍了十六部電影，比較知名的是《桃花女鬥周公》和《煙水寒》，當時侯孝賢是他的副導演兼編劇。在他事業最巔峰的時期電影公司想要換個年輕編劇試試，老闆江日昇看到《皇冠》雜誌上的一篇小說〈男孩與女孩的戰爭〉覺得很有趣，我的機會就是這樣從天而降。那時候的我才二十六歲，在山上的醫學院當助教、做研究、帶實驗課，同時寫小說和電視劇本。我沒有時間下山去補習托福考試，但是我仍然要申請出國留學，我把生活弄得一團亂。

當時電影劇本還有審查制度，我寫的劇本被審查委員貼了許多要修正的地方，印象中是不能有自殺行爲，不能在雨中談戀愛會感冒，也不能講髒話。我在老闆前面做了一件很酷的事，我把審查委員有意見的地方全部撕掉還給老闆，老闆皺起眉頭說：「這樣連不起來。怎麼看？」我很有自信的說：「我猜是又換了一批委員在看。他們一定懶得看，隨便翻翻，領點審查費。」結果被我猜中了，劇本通過審查，我把撕掉的再貼回去。我判斷電影完成後的審查委員一定換一批人，因爲有審查費大家輪流賺。我最感謝的就是江老闆和賴導演對於我這樣有點囂張的年輕作家的包容。

我在山上寫的第三個電影劇本機會來得非常荒謬。本來是國防部的中國電影製片廠來找我，希望由我寫一篇在成功嶺受訓的小說，再由他們找合適的編劇和導演改成一部愛國電影《成功嶺上》，彰顯大專生愛國情操。因爲他們看中了我那本非常暢銷的小說《蛹之生》，認爲我很適合再寫一本「暢銷小說」，替這部由上級指示要執行的電影先創造知名度。結果習慣寫愛國電影的資深編劇寫了一個大專生在成功嶺抓匪諜的故事，年輕導演張佩成很不滿意，兩人爭吵之後，導演建議乾脆由原著兼編劇。張佩成是個很有眼光和才華的導演，他在電視臺看到一個用變魔術搞笑的藝人許不了，決定重用他來創造一個全新的喜劇電影。其實他找到的是一個非常具有潛力的臺灣卓別林，如果好好栽培一定可以是兼顧藝術和商業的超級巨星。

根據許不了的造型和表演特色，我們討論出來的架構完全顛覆了過去傳統的愛國片，藉由大專院校學生來到成功嶺上接受軍事訓練的笑話串成一部喜劇電影，偶爾來點八股說教。由於還是威權時代，國防部一聲令下所有三廳電影的大牌演員全部客串家人和長官，圍繞著眞正的男主角許不了，這是許不了主演的第一部電影，一部讓觀眾笑翻天的喜劇片，遺憾的是，這也是他日後悲慘人生的開始。這部電影在春節檔上片，幾乎場場爆滿連站票都被迫賣出去，合作投資的片商每天晚上用麻袋去戲院裝現金。這部充滿原創性的電影爲日後的國片創造出來一個全新的軍教片類型，也爲國片創造了一個演喜劇的超級巨星，在那個反共抗俄抓匪諜的戒嚴時代，這部喜劇電影能夠大大成功，應該算是奇蹟。

8 離開是爲了確定不能離開

我並沒有因爲這樣的奇蹟和成功改變原本出國留學的計畫，在中美斷交、社會動盪不安的那一年夏天，我登上飛機第一次離開臺灣，我踏出海關時的雙腳非常沉重，心情也很沉重，彷彿從地底下有股力量拉扯著我。後來我終於確定，我的戰場是在自己的家園，未來眞正的戰鬥才要開始，我一定不能缺席。

離開是爲了確定不能離開，不能離開電影，不能離開家人，不能離開陷入動盪不安瀰漫恐慌的家園。這正是我的宿命。

國家圖書館出版品預行編目資料

一直撒野：你所反抗的，正是你所眷戀的 / 小野 著 . --
初版 . -- 臺北市：圓神，2016.10
224 面；14.8×20.8 公分 . --（圓神文叢；202）

ISBN 978-986-133-594-0（平裝）

855　　105015684

Eurasian Publishing Group
圓神出版事業機構
用心與你對話．綠野無限寬廣

圓神出版社
Eurasian Press

www.booklife.com.tw　　reader@mail.eurasian.com.tw

圓神文叢 202

一直撒野——你所反抗的，正是你所眷戀的

作　　者／小　野
發 行 人／簡志忠
出 版 者／圓神出版社有限公司
地　　址／台北市南京東路四段50號6樓之1
電　　話／（02）2579-6600・2579-8800・2570-3939
傳　　真／（02）2579-0338・2577-3220・2570-3636
總 編 輯／陳秋月
主　　編／吳靜怡
專案企畫／賴真真
責任編輯／沈蕙婷
校　　對／小　野・沈蕙婷・周奕君
美術編輯／劉鳳剛
行銷企畫／吳幸芳・張鳳儀
印務統籌／劉鳳剛・高榮祥
監　　印／高榮祥
排　　版／杜易蓉
經 銷 商／叩應股份有限公司
郵撥帳號／ 18707239
法律顧問／圓神出版事業機構法律顧問　蕭雄淋律師
印　　刷／祥峯印刷廠
2016年10月　初版
2016年10月　2刷

定價 280 元　　ISBN 978-986-133-594-0　　版權所有・翻印必究

◎本書如有缺頁、破損、裝訂錯誤，請寄回本公司調換　　Printed in Taiwan